W0253206

FOLIO CINÉMA

James M. Cain

Le facteur sonne toujours deux fois

Traduit de l'américain
par Sabine Berritz

Gallimard

Titre original :

THE POSTMAN ALWAYS RINGS TWICE

This translation published by arrangement
with Alfred A. Knopf, Inc.
© James M. Cain 1934, renewed 1962.
© Éditions Gallimard, 1936, pour la traduction française.

James Mallahan Cain est né en juillet 1892 dans le Maryland. Étudiant brillant au Washington College, dont son père est le directeur, il suit des études musicales et rêve de devenir chanteur. Mais sa mère, ancienne chanteuse d'opéra, le lui déconseille... Il se tourne alors vers l'écriture et, pour payer ses études, travaille comme agent d'assurances tout en enseignant l'anglais et les mathématiques. Après son diplôme, il fait ses débuts de reporter, mais il est mobilisé et envoyé en France. De retour aux États-Unis, il réintègre le *Sun* à Baltimore, puis publie des articles dans divers journaux. En 1931, il s'installe à Hollywood et écrit des scénarios pour les grands studios. Son premier roman, *Le facteur sonne toujours deux fois,* paraît en 1934. Ce drame passionnel, dans lequel Cora fait assassiner son mari par son amant, est une œuvre brutale écrite dans un style direct et efficace. Il sera porté à l'écran plusieurs fois. En 1936, il publie en feuilleton *Assurance sur la mort,* texte qu'il réunit ensuite en volume avec *Faux en écritures* et *Carrière en do majeur.* En 1937, paraît *Sérénade* et, en 1941, *Mildred Pierce,* magnifique portrait de femme. Suivent de nombreux romans noirs : *Le bluffeur, Au-delà du déshonneur, Butterfly,* roman de la passion trouble d'un homme pour celle qu'il croit être sa fille... James Cain est mort en 1977 dans le Maryland

James Cain raconte la passion et la fatalité, faisant passer dans ses livres ce que les tabous et la censure lui interdisent de montrer à l'écran. Son style réaliste et ses intrigues efficaces ont fait de lui l'un des maîtres du roman noir.

I

Vers midi, ils m'ont vidé du camion de foin. J'avais sauté dedans, juste à la frontière, la nuit précédente, et une seconde après m'être glissé sous la bâche, je m'étais endormi profondément. J'avais besoin de sommeil après ces trois semaines de Tia Juana, et je ronflais encore lorsqu'ils ont retiré la toile pendant que le moteur refroidissait. Ils ont soudain aperçu un pied et, en tirant dessus, ils m'ont flanqué par terre. J'ai essayé de blaguer, mais ça n'a pas pris. Le coup était raté. Ils m'ont quand même donné une cigarette et j'ai filé à la recherche de quelque chose à manger.

C'est alors que je suis tombé sur la « Taverne des Chênes-Jumeaux ». Ce n'était qu'une de ces gargotes comme il en existe des millions le long des routes californiennes. Il y avait, d'une part, la salle du restaurant, de l'autre, la maison où ils habitaient. Sur un côté, la station d'essence et, derrière, une demi-douzaine de bicoques qu'ils appelaient « le refuge des autos ». Je suis entré dans le restaurant en coup de vent, puis, je suis sorti et j'ai anxieusement scruté la route. Quand le Grec s'est montré, je lui ai demandé s'il n'avait pas vu un type avec une Cadillac. Je lui ai dit qu'il devait me prendre et que nous devions déjeuner ensemble.

— J'ai vu personne, a dit le Grec.

Il a mis un couvert sur une des tables et m'a demandé ce que je désirais. J'ai choisi un jus d'orange, des *corn flakes,* des œufs frits et du *bacon,* un *enchilada*[1], des *flap-jacks* et du café. Il est vite revenu avec le jus d'orange et les *corn flakes.*

— Hé, dites, faut que j'vous dise... Si mon copain n'arrive pas, faudra me faire crédit. C'était sa tournée ! Moi, j'ai plus le rond.

— Vas-y, bouffe toujours !

J'ai vu qu'il avait compris, et je n'ai plus parlé du type à la Cadillac. Il a repris :

— Qu'est-ce que tu fais comme boulot ?

— Oh ! n'importe quoi ! Pourquoi ?

— Quel âge qu't'as ?

— Vingt-quatre ans.

— C'est jeune. Mais j'peux utiliser un type jeune... dans mon commerce.

— C'est pas mal ici !

— Il y a un air ! C'est épatant ! Pas de brouillard comme à Los Angeles. Pas de brouillard du tout. C'est bath, et il fait clair !

— Ça doit être chic la nuit. Je vois ça d'ici.

— Et on dort !... Tu t'y connais en automobile ? Tu sais réparer ?

— Bien sûr. J' suis né mécano !

Il m'a encore parlé de l'air et de sa santé qui était si bonne depuis qu'il avait acheté ce coin-là. Il m'a expliqué qu'il ne comprenait pas pourquoi ses aides

1. *Enchilada,* plat mexicain.

ne voulaient jamais rester chez lui. Moi, je comprenais très bien, mais je n'ai rien dit et je suis resté à cause de la boustifaille.

— Hé ? T'aimerais pas rester ici ?

Mais quand il m'a demandé ça, j'avais bu mon café et allumé le cigare qu'il m'avait offert alors, j'ai répondu :

— C'est que... voilà, on m'a proposé deux autres places... C'est ça qui m'embête. J'y réfléchirai. Oui, j'y réfléchirai sérieusement.

. . . .

C'est alors que je l'ai vue. Jusque-là, elle était restée derrière, dans la cuisine, et elle n'est venue dans la salle que pour prendre mes assiettes sales.

Son corps mis à part, elle n'était pas d'une beauté folle, mais elle avait un certain air boudeur et des lèvres qui avançaient de telle façon que j'ai immédiatement eu envie de les mordre.

— C'est ma femme.

Elle ne m'a pas regardé. J'ai fait un signe de tête au Grec, j'ai tiré une bouffée de mon cigare et ç'a été tout. Elle est sortie avec les assiettes, et nous aurions pu croire qu'elle n'était jamais venue. Je suis parti quand même, mais cinq minutes plus tard, je suis revenu « soi-disant » pour laisser un mot au type à la Cadillac. J'ai bien perdu une demi-heure à me mettre d'accord avec le Grec, mais, au bout de ce temps, j'étais installé au poste d'essence et je réparais des pneus.

— Comment qu'tu t'appelles ?

— Frank Chambers.

— Moi, Nick Papadakis.

Nous nous sommes donné une poignée de main et il est sorti. Une minute après, je l'ai entendu chanter. Il avait une chic voix. De ma station d'essence, je voyais très bien ce qui se passait dans la cuisine.

II

Vers 3 heures, un type s'est amené, furieux, parce que quelqu'un avait collé une étiquette sur son pare-brise. J'ai dû aller à la cuisine pour la lui décoller à la vapeur.

— C'est égal, vous savez les faire, vous autres, les *enchiladas !*

— Qui ça, vous autres ?

— Eh bien ! vous et M. Papadakis. Vous et Nick, quoi ! Celui que j'ai mangé pour déjeuner était épatant !

— Oh !

— Passez-moi un torchon, que j'essuie ce truc !

— Qu'est-ce que vous voulez dire ?

— Moi ? Mais ce que j'ai dit !

— Vous croyez que je suis mexicaine, hein ?

— Moi ? Pas du tout !

— Bien sûr, et vous n'êtes pas le premier. Eh bien, voilà, je suis aussi blanche que vous, vous comprenez ? J'ai des cheveux noirs et j'ai un peu l'air d'être mexicaine, mais je suis aussi blanche que vous, compris ? Si vous voulez que ça colle ici, tâchez de ne pas oublier ça !

— Mais vous n'avez pas l'air mexicaine.

— Je vous répète que je suis aussi blanche que vous.

— Mais, voyons, vous n'avez rien d'une Mexicaine. Elles ont toutes de grosses lèvres, des jambes énormes, des seins sous le menton, une peau jaune, des cheveux gras. Vous n'êtes pas comme ça : vous êtes mince, vous avez une jolie peau blanche et vos cheveux sont fins et bouclés. La seule chose que vous ayez comme les Mexicaines, ce sont les dents. Elles ont toutes des dents blanches, il faut le reconnaître !

— Je m'appelais Smith avant mon mariage. C'est pas mexicain non plus, n'est-ce pas ?

— Non.

— Quoi encore ? Je ne suis même pas d'ici. Je viens de Iowa.

— Et quel est votre prénom ?

— Cora. Vous pouvez m'appeler Cora si vous voulez.

J'ai compris alors que je venais de toucher le point sensible. Ce n'était ni les *enchiladas* qu'elle faisait, ni ses cheveux noirs qui la gênaient. Ce qui lui donnait l'impression de ne pas être blanche, c'était d'être mariée à ce Grec, et elle avait peur que je commence à l'appeler Mme Papadakis.

— C'est entendu, Cora. Et vous, appelez-moi Frank.

Elle s'est approchée et m'a aidé à nettoyer le pare-brise. Elle était si près de moi que je respirais son odeur. Je lui ai glissé juste dans l'oreille :

— Comment as-tu pu épouser ce Grec ?

Elle a sursauté comme si je l'avais cinglée avec un fouet.

— Ça vous regarde ?

— Oui, beaucoup.

— Voilà votre pare-brise.

— Merci.

Je suis sorti. Je savais ce que je voulais savoir. Je l'avais coincée au tournant, et j'avais touché juste, elle avait marqué le coup. Dès maintenant nous étions liés, elle et moi. Elle pourrait ne pas dire oui, mais, au moment voulu, elle ne canerait pas. Elle avait compris et savait que je l'avais repérée.

Ce soir-là, au dîner, le Grec s'est fâché après elle parce qu'elle ne me redonnait pas un peu plus de frites. Il voulait que je me plaise chez lui, cet homme, et que je ne m'en aille pas comme les autres.

— Il faut le nourrir, entends-tu !

— Elles sont sur le fourneau. Il est assez grand pour se servir.

— J'en ai assez. Je n'ai pas encore fini, d'ailleurs.

Mais il continua. S'il avait eu un brin de jugeote, il aurait compris que cela cachait quelque chose car — je dois le reconnaître — elle n'était pas femme à laisser un homme se servir lui-même. Mais il n'a rien senti et il a encore bougonné. Nous mangions sur la table de la cuisine, lui à un bout, elle à l'autre bout, et moi au milieu. Je ne la regardais pas, mais je voyais sa robe. C'était une de ces blouses blanches d'infirmière, pareilles à cet uniforme qu'elles portent toutes, qu'elles travaillent chez un dentiste ou chez un boulanger. Elle avait dû être propre le matin, mais maintenant elle était un peu froissée et souillée. Je sentais l'odeur de la femme.

— Oh ! ça va !

Elle s'est levée pour prendre les pommes de terre. Sa blouse s'est ouverte une seconde et j'ai vu ses jambes. Quand elle m'a servi les frites, je n'ai pas pu manger.

— C'était bien la peine, il n'en veut pas !

— Il les a « s'il » les veut, t'as compris ?

— Je n'ai pas faim. J'ai si bien déjeuné.

Il s'est conduit ensuite comme s'il avait gagné une grande victoire et il a voulu l'excuser en homme généreux qu'il était.

— Elle est épatante. C'est mon petit oiseau blanc, ma petite colombe.

Il a cligné de l'œil et il est monté dans sa chambre. Nous sommes restés là, elle et moi, sans dire un mot. Quand il est descendu, il portait une grosse bouteille et une guitare. Il m'a servi à boire, mais c'était un vin grec, très doux, et ça m'a fait mal au cœur. Il a commencé à chanter. Il avait une voix de ténor, pas comme un de ces petits ténors qu'on entend à la radio, non, une voix qu'il faisait sangloter comme un disque de Caruso. Mais je ne pouvais plus l'écouter. Je me sentais vraiment très mal.

Il a vu ma tête et m'a emmené dehors :

— Un peu d'air, ça ira mieux.

— Ça va aller, ça va mieux !

— Assieds-toi et ne bouge plus ! Ce sera rien !

— Rentrez. J'ai trop mangé, ça va passer.

Il est rentré et j'ai tout laissé remonter. Tout est revenu, le déjeuner, les pommes de terre, le vin. J'avais tant envie de cette femme que je ne pouvais rien garder dans l'estomac.

....

Le lendemain matin, l'enseigne avait dégringolé. Pendant la nuit, le vent s'était levé et le matin, un tourbillon plus violent avait arraché l'enseigne.

— C'est affreux. Regarde ça !

— Il a fait un de ces vents ! Je n'ai pas pu dormir. Je n'ai pas fermé l'œil une minute.

— Un vent du diable. Vise l'enseigne.

— Elle est démolie.

J'ai essayé de la raccommoder et il est venu dehors, me regarder faire :

— D'où vient-elle, cette enseigne ?

— J'en sais rien. Elle était là quand j'ai acheté la baraque.

— Elle est rien moche. C'est pas elle qui attirera les clients !

Je suis allé donner de l'essence à une voiture et je l'ai laissé réfléchir. Quand je suis revenu, il fixait toujours l'enseigne qui pendait maintenant devant la porte du restaurant. Trois lampes étaient grillées. J'ai arrangé les fils mais les autres lampes n'ont rien voulu savoir.

— Mets-y des lampes neuves, repends-la et ça ira.

— Bien sûr. C'est vous le patron.

— Pourquoi qu'tu dis ça ?

— Elle est tellement démodée. Personne n'a plus d'enseigne comme ça. Ils ont des enseignes au néon. Ça se voit mieux et ça use moins de courant. Et qu'est-ce qu'elle dit votre enseigne ? Les Chênes-Jumeaux ! C'est tout. On n'peut même pas lire Taverne, y a pas de lampe. Les Chênes-Jumeaux ! Ça n'me creuse pas l'estomac, ça ! Ça n'me fera pas m'arrêter ici pour essayer de croûter. Elle vous fait perdre de l'argent, cette enseigne, et vous n'en savez rien.

— Rafistole-la, c'est bien suffisant !

— Pourquoi n'achetez-vous pas une nouvelle enseigne ?

— J'ai pas le temps.

Mais il est revenu un moment plus tard avec un morceau de papier. Il avait lui-même dessiné une nouvelle enseigne et il l'avait coloriée en rouge, en blanc et en bleu. On lisait : « Taverne des Chênes-Jumeaux », et puis : « Repas et Bar, Chambres à Louer », et enfin : « Papadakis, propr. »

— Chouette ! Ça les arrêtera pile !

J'ai rectifié un peu les mots pour qu'ils soient proprement écrits et il a ajouté quelques boucles et quelques tortillons aux lettres.

— Nick, pourquoi remettre la vieille enseigne ? Pourquoi n'allez-vous pas tout de suite en ville faire faire celle-là ? Elle est magnifique ! C'est très important. Un bistrot ressemble toujours à son enseigne !

— T'as raison, j'y vais !

Los Angeles n'était qu'à vingt milles, mais il s'est rasé comme s'il allait à Paris, et tout de suite après le déjeuner, il est parti. Dès qu'il s'est éloigné, j'ai fermé à clef la porte de devant. J'ai ramassé une assiette qu'un client avait laissée et je l'ai rapportée dans la cuisine. Cora y était.

— Voilà une assiette qui était restée là-bas.

— Oh ! merci.

Je l'ai posée. La fourchette a cliqueté comme sur un tambourin.

— Je voulais aller faire un tour, mais j'ai mis des choses à cuire, il faut que je reste.

— Moi aussi, j'ai beaucoup de travail.

— Vous allez mieux ?

— Ça va.

— Il faut si peu de chose. Un changement d'eau suffit quelquefois.

— J'avais trop mangé sans doute.

— Vous croyez ?

Quelqu'un a frappé à la porte du restaurant.

— On essaye d'entrer...

— La porte est donc fermée, Frank ?

— J'ai dû la fermer.

Elle m'a regardé et elle est devenue pâle. Elle a poussé la porte de communication et elle a jeté un coup d'œil dans la salle. Puis, elle s'est un peu avancée et elle est revenue une minute après.

— Ils sont partis.

— Je ne sais pas pourquoi j'ai fermé la porte !

— Oh ! j'ai oublié de l'ouvrir.

Elle a voulu repartir vers le restaurant, mais je l'ai arrêtée.

— Si nous... laissez-la fermée.

— Personne ne pourra entrer, j'ai de la cuisine à faire. Je vais laver cette assiette.

Je l'ai prise dans mes bras et j'ai écrasé ma bouche contre la sienne...

— Mords-moi ! mords-moi !...

Je l'ai mordue. J'ai planté mes dents si fort dans ses lèvres que j'ai senti le sang gicler dans ma bouche. Il coulait sur son cou quand je l'ai portée au premier étage.

III

Après ça, pendant deux jours, j'ai été crevé, mais le Grec était furieux après moi, alors il n'a rien remarqué. Il était furieux après moi parce que je n'avais pas fixé la porte battante qui conduisait à la cuisine de la salle du restaurant. Cora lui avait dit que c'était cette porte qui était revenue sur elle au moment où elle passait et qui l'avait frappée violemment à la bouche. Il avait bien fallu qu'elle invente quelque chose. Sa bouche était toute meurtrie là où je l'avais mordue. Alors le Grec a dit que c'était de ma faute, que j'aurais dû l'arranger. J'ai détendu un peu le ressort pour que la porte batte moins brutalement et cela a tout arrangé.

Mais au fond, il était furieux contre moi à cause de l'enseigne. Il en était si fier maintenant, qu'il craignait que je ne me vante d'avoir eu cette idée à sa place. L'enseigne dessinée par lui était si compliquée qu'on n'avait pu la lui faire dans l'après-midi. On a mis trois jours pour la monter. J'ai été la chercher et je l'ai pendue. Elle comportait tout ce qu'il avait crayonné sur le papier et deux ou trois choses en rabiot. Un drapeau grec et un drapeau américain, deux mains se serrant amicalement et, en italiques, les mots : « Vous serez satisfaits. »

Elle était en lettres de néon rouges, blanches et bleues, et j'ai attendu qu'il fasse noir pour mettre le courant. Quand j'ai tourné le bouton, elle a scintillé comme un arbre de Noël.

— Vrai, Nick, j'en ai vu des enseignes dans ma vie, mais j'en ai jamais vu d'aussi baths !

— Bon Dieu de bon Dieu !...

Nous nous sommes donné une poignée de main, amis comme avant.

Le jour suivant, je suis resté seul avec Cora pendant une minute, j'ai tendu si brutalement ma main vers sa jambe que j'ai failli la renverser.

— Qu'est-ce qui te prend ? a-t-elle grogné comme une tigresse.

C'est comme ça qu'elle me plaisait.

— Ça va, Cora ?

— J'suis crevée.

De nouveau, j'ai senti son odeur.

....

Un jour, le Grec a appris qu'un type, installé plus loin sur la route, lui chipait des clients d'essence. Il a sauté dans sa voiture et est allé se rendre compte lui-même. J'étais dans ma chambre quand il est parti et je me disposais à descendre dans la cuisine quand Cora, plus rapide que moi, est montée et a ouvert ma porte.

Je me suis approché et j'ai regardé sa bouche. C'était la première occasion que j'avais d'examiner ses lèvres. L'enflure était partie mais on voyait encore la trace des dents en petites cicatrices bleues. Je les ai touchées avec un doigt. Elles étaient douces et humides. Je les ai baisées, mais légèrement. De tout petits baisers. Je n'avais jamais pensé à sa bouche auparavant. Elle est restée avec moi, une heure à peu près, jusqu'à ce que le Grec revienne. Nous n'avons rien fait. Nous sommes restés couchés sur le lit. Elle caressait mes cheveux et regardait le plafond comme si elle réfléchissait.

— Aimes-tu la tarte aux myrtilles ?

— Je ne sais pas... oui, sans doute.

— Je t'en ferai.

....

— Attention, Frank, les ressorts vont claquer !

— Je m'en fous !

Nous bringuebalions dans un petit sentier bordé d'eucalyptus. Le Grec nous avait expédiés au marché pour rendre des biftecks qu'il trouvait trop faits et, soudain, en nous en retournant, il avait fait noir. J'avais lancé la voiture dans le sentier de la route et elle avait sauté, dansé, tremblé, mais je ne l'ai arrêtée que lorsque je me suis trouvé en plein milieu des arbres. Avant même que j'aie éteint les phares, Cora était dans mes bras. Nous en avons profité largement. Un moment après, nous étions assis de nouveau.

— Ça ne peut plus durer comme ça, Frank.

— C'est vrai.

— Je n'en peux plus. Je veux me saouler avec toi, entends-tu ? Me saouler, tu comprends !

— Tu parles !

— Et je hais ce Grec !

— Pourquoi l'as-tu épousé ? Tu ne me l'as jamais dit.

— Je ne t'ai rien dit.

— Nous n'avons pas perdu notre temps en paroles !

— Voilà. Je travaillais dans une cantine. Passe deux ans dans une cantine de Los Angeles et tu prendras le premier type un peu fringué qui se présentera.

— Quand as-tu quitté Iowa ?

— Il y a trois ans. J'avais gagné un concours de beauté. Le concours de beauté de l'Ecole supérieure de Des Moines. C'est là que j'habitais. Le prix consistait en un voyage à Hollywood. Quand je suis descendue du train, il y avait quinze types qui prenaient ma photo... et deux semaines après, j'étais dans la cantine.

— Pourquoi n'es-tu pas repartie ?

— Les autres auraient été trop heureuses !

— As-tu été dans les studios ?

— Oui. Ils m'ont fait faire un bout d'essai. La figure, ça allait. Mais il faut parler maintenant au cinéma, tu comprends. Et quand j'ai parlé, là sur l'écran, ils ont vu exactement ce que j'étais... et moi aussi : une pauvre gosse de Des Moines, qui n'avait pas plus de chance qu'un singe de réussir au cinéma ! Et même, un singe, ça fait rire quelquefois. Moi, je les rendais malades.

— Et alors ?

— Pendant deux ans, des types m'ont pincé les mollets et m'ont donné des pourboires... en me demandant si je ne voulais pas sortir le soir. Je suis sortie quelquefois le soir, Frank.

— Et après ?

— Mais tu sais ce que je veux dire par « sortir le soir » ?

— Mais oui, je sais.

— Alors, il est venu. Je l'ai accepté et il m'a aidée,

alors je suis restée avec lui. Mais je n'en peux plus. Est-ce que j'ai l'air d'une petite colombe ?

— Tu m'as plutôt l'air d'une belle garce !

— Tu me comprends, n'est-ce pas ? Avec toi, je n'ai pas besoin de mentir. Et tu es propre. Tu n'es pas graisseux. Frank, tu sais ce que ça veut dire : être graisseux ?

— J'm'en doute.

— C'est impossible. Un homme ne peut pas savoir ce que c'est pour une femme. Etre toujours autour de quelqu'un de gras, de quelqu'un qui vous soulève le cœur quand il vous touche. Non, je ne suis pas un chameau, Frank, mais je ne peux pas le supporter davantage.

— Où veux-tu en venir ?

— Tu ne veux pas comprendre ! C'est entendu, je suis une garce. Mais je crois que je pourrais être mieux que ça... avec quelqu'un qui ne serait pas graisseux.

— Cora, si nous filions, toi et moi ?

— J'y ai pensé. J'y ai beaucoup pensé.

— Nous lâchons le Grec et nous partons.

— Où ça !

— N'importe où ! On s'en fiche !

— N'importe où ! n'importe où ? Où est-ce ?

— Partout, où tu voudras.

— Non, ça finira par une cantine.

— Qu'est-ce qui te parle de ça ! Je te parle de la route, moi. Ça sera chic, Cora. Et personne ne le sait mieux que moi. Je connais des coins et des recoins. Et je sais me débrouiller aussi. Ce n'est pas ça que tu veux ? On sera un couple de vagabonds, nous sommes des vagabonds après tout.

— Tu étais un beau vagabond. Tu n'avais même pas de chaussettes !

— Je t'ai plu.

— Je t'ai aimé. Je t'aimerais sans chemise. Je t'aimerais davantage même sans chemise, parce que je pourrais sentir combien tes épaules sont douces et fortes à la fois.

— Tu sais, ça fait les muscles de flanquer des raclées aux détectives des chemins de fer !

— Tu es si fort. Grand, et fort et costaud. Tes cheveux sont clairs. Tu n'es pas un petit bonhomme gras, toi, tu n'as pas des cheveux noirs et frisés, sur lesquels on met de l'huile tous les soirs.

— Ça doit sentir bon !

— Non, Frank, ça ne va pas. Cette route ne conduira qu'à la cantine. La cantine, pour moi. Pour toi une besogne quelconque. Un sale travail de miteux où tu porteras une combinaison. Ça me ferait pleurer de te voir avec une combinaison, Frank.

— Alors ?

Elle est restée un long moment muette, serrant ma main dans les siennes.

— Frank, m'aimes-tu ?

— Oui.

— M'aimes-tu assez pour que rien d'autre n'existe ?

— Oui.

— Alors, il y a un moyen.

— Je te disais bien que tu étais une belle garce.

— C'est pourtant ça que je veux dire. Je ne suis pas ce que tu crois, Frank. Je veux seulement travailler et devenir quelqu'un, voilà. Mais c'est impossible sans amour. Tu comprends ça, Frank ? Enfin, c'est impossible pour une femme. Je me suis trompée. Eh bien, je n'ai plus qu'à devenir une vraie garce pour arranger les choses une fois pour toutes. Mais, au fond, je ne suis pas si mauvaise que ça, tu sais, Frank.

— Tu me feras pendre !

— Penses-tu ! Tu es brave, Frank. Je ne t'ai jamais trompé. Réfléchis un peu. Il y a des tas de moyens. Ne t'en fais pas. Je ne suis pas la première qui, pour sortir du pétrin, agit ainsi.

— Il ne m'a jamais rien fait à moi.

— Bien sûr. Mais moi, je te dis qu'il pue ! Il est graisseux et il pue. Et crois-tu que je vais te laisser porter une combinaison avec « Service Auto » écrit dans le dos... pendant qu'il a quatre costumes et une douzaine de chemises de soie ? Ce commerce n'est-il pas à moitié à moi ? Est-ce que je ne fais pas la cuisine, et de la bonne cuisine ? N'en fais-tu pas ta part, toi aussi ?

— Il y a du vrai dans ce que tu dis.

— Qui le saurait mieux que toi et moi ?

— Toi et moi.

— Il n'y a que ça qui compte, Frank, rien que ça... Toi et moi... Mais ne parle plus de la route, tu entends...

— Tu dois sortir de l'enfer, pas possible autrement ! Sans ça, tu ne me convaincrais pas comme ça !

— Alors, ça va. Embrasse-moi, Frank. Sur la bouche.

Je l'ai embrassée. Ses yeux brillaient comme deux étoiles bleues. C'était comme si on était à l'église.

IV

— Je voudrais un peu d'eau chaude.
— Il n'y en a pas dans la salle de bains ?
— Nick y est.
— Je vais t'en donner alors. Il lui faut toujours la baignoire pleine jusqu'au bord.

Ç'a été exactement aussi simple que ça. Il était à peu près 10 heures du soir, nous avions fermé boutique et le Grec était dans la salle de bains, se préparant pour son bain du samedi soir. Je devais monter l'eau dans ma chambre, me préparer à me raser et soudain me souvenir que j'avais laissé la voiture dehors. Je devais sortir et rester aux alentours pour donner un coup de klaxon si quelqu'un survenait. Elle, elle devait attendre qu'il soit dans son bain, entrer pour chercher un torchon, l'assommer par-derrière avec une sorte de casse-tête que j'avais fabriqué avec un sac à sucre bien bourré avec des billes de roulements. D'abord, j'avais pensé agir moi-même, mais nous avions calculé qu'il ne ferait pas attention à elle quand elle entrerait, tandis que si je disais que j'étais à la recherche de mon rasoir, il pourrait sortir de l'eau pour m'aider. Ensuite, elle devait le maintenir sous l'eau jusqu'à ce qu'il soit noyé. Puis, elle devait laisser couler l'eau doucement, passer de la fenêtre sur le toit du porche, et, de là, par un escabeau que j'aurais apporté, redescendre sur le sol. Elle devait me rendre alors le casse-tête et rentrer dans sa cuisine. Je devais remettre les billes d'acier dans la boîte, jeter le sac quelque part, rentrer la voiture, monter dans ma chambre et commencer à me raser. Elle devait attendre que l'eau suinte dans la cuisine et m'appeler. Nous briserions la porte, nous le découvririons et appellerions le docteur. En somme, nous avions imaginé qu'il aurait l'air d'avoir glissé dans sa baignoire, de s'être cogné sur le bord, assez fort pour s'étourdir et pour rester sous l'eau. J'avais trouvé l'idée dans un journal où un type avait écrit que beaucoup d'accidents arrivaient ainsi.

— Fais attention, elle est chaude.

— Merci.

Elle avait mis l'eau dans une saucière, je l'ai montée dans ma chambre et l'ai posée sur le bureau pour préparer ce qui m'était nécessaire pour me raser. Je suis descendu et je suis allé vers la voiture dans laquelle je me suis assis. De ma place, je voyais la route et la fenêtre de la salle de bains aussi. Le Grec chantait. J'ai pensé qu'il était sage de noter quelle chanson c'était. C'était *Mother Machree.* Il la chanta une fois, puis une seconde fois, tout entière. J'ai regardé dans la cuisine, Cora y était encore.

Un camion et une remorque sont apparus au tournant. J'ai mis la main sur le klaxon. Ces conducteurs de camions s'arrêtaient quelquefois pour manger un morceau et ils étaient de cette race qui cogne à la porte aussi longtemps qu'il faut pour qu'on leur ouvre. Mais ils ont passé leur chemin. Deux autres voitures ont filé encore. Aucune n'a stoppé. J'ai regardé de nouveau dans la cuisine, cette fois, Cora n'y était plus. Une lumière s'est allumée dans la chambre.

Soudain, j'ai aperçu quelque chose qui bougeait tout contre le porche. J'allais appuyer sur le klaxon quand j'ai vu que c'était un chat. Ce n'était qu'un chat de gouttière, mais il m'avait fait sursauter. Un chat... c'était bien la dernière chose que je désirais voir. Je l'ai perdu de vue une minute, puis il est revenu tourniquer autour de l'escabeau. Je ne voulais pas klaxonner parce que ce n'était qu'un chat, mais je ne voulais pas non plus qu'il reste près de l'escabeau. Je suis sorti de la voiture et je l'ai chassé brutalement.

Je n'étais pas remonté dans l'auto qu'il revenait et commençait à escalader l'échelle. Je l'ai chassé encore et je l'ai poursuivi jusque derrière les cabanes pour autos. Je suis revenu vers la voiture, mais je me suis arrêté une seconde pour voir s'il récidiverait. Un agent, un surveillant des routes, a surgi au tournant. Il m'a vu, il a arrêté sa moto et il s'est approché avant que j'aie pu bouger. Quand il a stoppé, il était entre la voiture et moi. Je ne pouvais donc plus klaxonner.

— Ça va ?

— Oui, j'allais juste rentrer la voiture.

— C'est votre voiture ?

— C'est celle du patron.

— Ah ! bien, c'est histoire de savoir !

Il a regardé autour de lui et il a vu quelque chose.

— Mince, regardez-moi ça !

— Quoi ?

— Ce fichu chat qui grimpe à l'échelle !

— Ah !

— J'aime les chats. Ils sont toujours occupés.

Il a remis ses gants, il a levé les yeux vers le ciel et il est reparti. Aussitôt qu'il a disparu, j'ai appuyé sur le klaxon. C'était trop tard. Un éclair a brillé soudain sous le porche et toutes les lumières de la maison se sont éteintes. Cora, de l'intérieur, hurlait affreusement :

— Frank ! Frank ! qu'est-ce qui arrive ?

J'ai couru à la cuisine, mais il faisait très noir et je n'avais pas d'allumettes sur moi, j'ai dû aller à tâtons. Nous nous sommes rejoints dans l'escalier, elle descendait, je montais. Elle a poussé un nouveau cri.

— Tais-toi, bon sang, tais-toi. Ça y est ?

— Oui, mais la lumière s'est éteinte, et je ne l'ai pas encore mis sous l'eau.

— Alors, allons-y. Il y avait un flic en bas et il a vu l'escabeau, c'est raté.

— Téléphone au docteur.

— Téléphone, toi, moi je vais le sortir de l'eau...

Elle est descendue et j'ai continué à monter. Je suis rentré dans la salle de bains et me suis penché sur la baignoire. Il était étendu dans l'eau, mais sa tête n'était pas immergée. J'ai tenté de le tirer, cela n'a pas été une petite affaire. Il était tout enduit de savon, et j'ai dû entrer dans l'eau pour arriver à le soulever. Et j'entendais Cora qui parlait à la demoiselle du téléphone. Celle-ci ne lui a pas donné le docteur. Elle lui a donné la police.

J'ai pu le redresser enfin et je l'ai appuyé contre le bord de la baignoire ; puis j'en suis sorti moi-même, et l'ai traîné jusqu'à sa chambre sur son lit.

Elle est montée alors, nous avons trouvé des allumettes et nous avons allumé une chandelle. Nous nous sommes occupés de lui ensuite. J'ai enveloppé sa tête avec des serviettes mouillées tandis qu'elle lui frottait les poignets et les pieds.

— Ils envoient une ambulance.

— Ça colle. Est-ce qu'il t'a vue faire ?

— J'sais pas.

— Tu étais derrière lui ?

— Je crois. Mais la lumière s'est éteinte et j'sais plus ce qui est arrivé. Pourquoi as-tu éteint ?

— Ce sont les plombs qui ont sauté.

— Frank, pourvu qu'il ne revienne pas à lui.

— Il faut qu'il revienne. S'il meurt, nous sommes fichus. Je te dis que le flic a vu l'escabeau. S'il meurt, ils sauront tout. S'il meurt, ils nous auront.

— Mais s'il m'a vue ? Qu'est-ce qu'il dira ?

— Il ne t'a peut-être pas vue. Nous lui raconterons un boniment, voilà tout. Tu entrais quand la lumière s'est éteinte, tu l'as entendu glisser et tomber... et il n'a pas répondu quand tu lui as parlé. Alors, tu m'as appelé, voilà. Quoi qu'il dise, tu répéteras ça. S'il a vu quelque chose, on soutiendra que c'est pure imagination, voilà tout.

— Ils ne se dépêchent pas beaucoup avec leur ambulance.

— Ils vont venir.

L'ambulance est arrivée, on a mis le Grec sur une civière et on l'a emporté. Elle est partie avec lui. J'ai suivi avec la voiture. A moitié chemin de Glendale, un agent nous attendait. Il a roulé devant nous. Ils allaient à soixante-dix milles à l'heure, je n'ai pu les suivre. Ils montaient la civière lorsque j'ai atteint l'hôpital et l'agent donnait des ordres. Quand il m'a vu, il a fait un geste et il m'a regardé. C'était le même flic. Ils ont emmené le Grec, ils l'ont mis sur un chariot, et ils l'ont roulé vers une salle d'opération.

Cora et moi, nous sommes restés assis dans le hall. Bientôt, une infirmière s'est assise près de nous. Puis le flic est revenu, accompagné d'un sergent. Ils ont continué à me dévisager. Cora racontait à l'infirmière ce qui lui était arrivé :

« J'étais entrée dans la salle de bains pour prendre une serviette quand la lumière s'est éteinte d'un seul coup. Et alors, j'ai entendu mon mari tomber, il a fait un bruit terrible. Il était debout, prêt à passer sous la douche. Je lui ai parlé, mais il ne m'a pas répondu... il faisait si noir, je ne voyais rien du tout, et je ne sais pas ce qui est arrivé. J'ai cru qu'il était électrocuté ou quelque chose comme ça. Alors, Frank m'a entendu crier, il est monté, il a redressé mon mari, puis j'ai téléphoné pour avoir une ambulance, et je ne sais pas ce que j'aurais fait s'ils n'étaient pas arrivés aussi vite qu'ils ont fait.

— Ils se dépêchent toujours dans ces cas-là.

— J'ai si peur qu'il soit gravement blessé.

— Je ne crois pas. Ils le passent aux rayons X. Avec les rayons X, on sait tout. Mais je ne crois pas que ce soit grave.

— Oh ! mon Dieu, j'espère que non.

Les flics n'ont pas dit un mot, ils n'ont pas cessé non plus de nous examiner.

On a ramené le Grec, toujours sur le chariot, et sa tête entourée de bandages. On l'a mis dans un ascenseur ainsi que Cora et moi, et l'infirmière et les agents aussi, et nous sommes tous montés avec lui dans une chambre. Il n'y avait pas assez de chaises, et tandis qu'on le mettait au lit, l'infirmière est sortie et est allée en chercher des supplémentaires. Nous nous sommes tous assis. Quelqu'un a parlé et l'infirmière nous a fait taire. Un docteur est venu, il a jeté un coup d'œil sur le lit et il est sorti. Nous avons attendu là un sacré bout de temps. Puis, l'infirmière s'est penchée et elle a examiné le Grec de près.

— Je crois qu'il revient à lui, maintenant.

Cora s'est retournée vers moi et je me suis vivement détourné. Les agents écoutaient attentivement ce qu'il allait dire. Il a ouvert les yeux.

— Vous allez mieux ?

Il n'a rien dit et personne n'a soufflé mot. Tout était si calme que j'entendais mon sang battre à mes tempes.

— Reconnaissez-vous votre femme ? Elle est là. N'avez-vous pas honte... tomber de sa baignoire comme un enfant, parce que les lumières s'éteignent. Votre femme en est folle. Ne voulez-vous pas lui parler ?

Il s'est raidi pour dire quelque chose, sans y parvenir. L'infirmière s'est baissée et l'a un peu éventé. Cora a pris sa main et l'a tapotée doucement. Il est resté immobile un moment, les yeux clos, puis sa bouche s'est ouverte un peu et il a fixé l'infirmière :

— Mince ! c'qu'il a fait noir !

Quand l'infirmière a dit qu'il fallait le laisser tranquille, j'ai aidé Cora à descendre et je l'ai fait monter dans la voiture. Nous étions à peine partis qu'un agent nous suivait sur sa motocyclette.

— Il nous soupçonne, Frank.

— C'est toujours le même. Il a deviné quelque

chose, dès qu'il m'a vu debout, et aux aguets. Il doit encore y penser.

— Qu'allons-nous faire ?

— Je ne sais pas. Tout dépend de cet escabeau... s'il devine pourquoi il était là ! Qu'as-tu fait du casse-tête ?

— Je l'ai dans la poche de ma robe.

— Bon Dieu, s'ils t'avaient arrêtée et fouillée, nous étions frais !

Je lui ai tendu mon couteau, elle a coupé les ficelles du sac et a sorti les billes. Puis, elle est passée par-dessus le dossier, elle a levé le siège de derrière et elle a glissé le sac en dessous. On pourrait ainsi le prendre pour un bout de chiffon, comme tout le monde en garde avec les outils.

— Reste derrière et surveille le flic. Je vais jeter les billes dans les buissons, une par une. Regarde s'il s'en aperçoit.

Elle a fait attention, j'ai conduit avec la main gauche et de l'autre, j'ai lancé une bille. Je l'ai lancée comme une balle de l'autre côté de la route.

— A-t-il tourné la tête ?

— Non.

J'ai envoyé les autres une à une toutes les deux minutes. Le flic n'a rien vu.

Quand nous avons atteint la maison, il faisait encore nuit. Je n'avais pas eu le temps de remettre les plombs, mais comme j'allais entrer, l'agent m'a dépassé.

— Je voudrais voir un peu ces plombs, mon garçon !

— Moi aussi.

Nous sommes entrés tous les trois et il a allumé une lampe électrique. Immédiatement il s'est mis à rigoler et il s'est arrêté. Le chat était là, couché, les quatre pattes en l'air.

— Mince alors ! Ça l'a tué d'un seul coup.

Il a levé son jet lumineux vers le toit du porche et le long de l'escabeau.

— C'est ça. C'est bien ça. Rappelez-vous, il a grimpé là-haut, marché sur la boîte où étaient les plombs et ça l'a tué raide.

— C'est sûrement ça. Vous veniez juste de partir quand c'est arrivé. Ils ont sauté avec un bruit de pistolet. Je n'avais pas eu le temps de rentrer la voiture.

— Ils m'ont prévenu sur la route.

— Vous veniez de disparaître.

— C'est sûrement ça. De l'échelle, il aura sauté sur la boîte. Ces pauvres bestioles ne comprendront jamais rien à l'électricité... C'est bien trop calé pour elles, pas vrai ?

— Une sale blague, quoi !

— C'est ça, une sale blague. Ça l'a tué raide. Un joli chat comme ça. Vous vous souvenez comme il était rigolo en montant l'échelle ? J'en ai rarement vu d'aussi gentil.

— Et d'une jolie couleur.

— Ça l'a tué raide. Allons, je m'en vais. Cela simplifie tout... mais il fallait voir, n'est-ce pas ?

— Bien sûr.

— Au revoir, madame.

— Au revoir.

V

Nous ne nous sommes occupés ni du chat, ni des plombs, ni d'autre chose. Nous nous sommes fourrés au lit, et Cora s'est détendue. Elle a pleuré, puis elle a été secouée d'un frisson qui la faisait trembler toute, et il m'a fallu presque deux heures pour la calmer. Elle est restée un long moment dans mes bras, puis nous avons parlé.

— Jamais plus, Frank.

— Tu as raison. Jamais plus.

— Nous étions fous, ce n'est pas possible, absolument fous.

— Et c'est une sacrée veine d'en être sortis comme ça !

— C'était ma faute.

— C'était la mienne aussi.

— Non, c'était ma faute. C'est moi qui ai pensé à ça. Tu ne voulais pas. La prochaine fois, je t'écouterai. Frank, tu es chic. Tu n'es pas stupide comme moi.

— Mais il n'y aura pas de « prochaine fois ».

— C'est vrai. Jamais plus.

— C'est égal, s'en tirer comme ça ! Ils auraient pu deviner. Ils devinent toujours. Ils ont tellement l'habitude. Rappelle-toi comme le flic a tout de suite senti que quelque chose n'allait pas. J'en ai eu froid dans le dos. Dès qu'il m'a vu devant la maison, il a pigé. Alors, tu penses, comment aurions-nous fait croire ce que nous voulions si le Grec avait claqué ?

— Au fond, Frank, je ne suis pas une vraie garce !

— Je te l'avais bien dit.

— Si je l'étais, je n'aurais pas eu tellement peur. J'ai eu si peur, Frank !

— Et moi donc !

— Dès que la lumière s'est éteinte, je n'ai eu qu'une idée, toi, Frank, toi... Je ne crânais plus du tout, j'étais une petite fille qui a peur du noir.

— Mais j'étais là !

— J'étais si heureuse de ça. Si ça n'avait pas été pour toi, je ne sais pas ce que j'aurais fait.

— Pas mal, hein ! l'histoire de sa glissade !

— Et il l'a cru.

— J'ai toujours eu la veine de rouler les flics. Il faut toujours leur donner une explication. Il faut avoir l'air de dire la vérité et la dire presque. Je les connais bien. J'en ai roulé plus d'un !

— Tu as tout arrangé. Tu arrangeras toujours tout pour moi, n'est-ce pas, Frank ?

— Tu es la seule qui compte pour moi.

— Tu sais, j'ai si peu envie d'être chameau.

— Tu es mon tout petit.

— C'est ça, ton tout petit idiot. Entendu, Frank, dès maintenant, je t'obéis. Tu seras la tête, moi je travaillerai. Et je travaille bien, tu sais. On en sortira.

— Bien sûr.

— Si on dormait maintenant ?

— Tu crois que tu pourras dormir ?

— C'est la première fois que nous dormons ensemble, Frank.

— Cela te fait plaisir ?

— C'est magnifique. Tu entends, magnifique !

— Dis-moi bonsoir.

— C'est si bon de pouvoir te dire bonsoir, comme ça.

Le lendemain matin, c'est le téléphone qui nous a réveillés. Elle a répondu, et quand elle est remontée, ses yeux brillaient.

— Frank, devine ?

— Quoi ?

— Il a le crâne fracturé.

— Gravement ?

— Non, mais ils le gardent là-bas. Ils le gardent pour une semaine sans doute. Nous pourrons dormir encore ensemble cette nuit !

— Viens là.

— Pas maintenant. Il faut nous lever. Ouvrir la maison.

— Viens là, ou je te casse la figure !

— Idiot !

....

Ça a été une bien belle semaine. Dans l'après-midi, Cora allait avec la voiture jusqu'à l'hôpital, mais tout le reste du temps, nous étions ensemble. Cependant nous avons bien travaillé pour le Grec quand même. Nous tenions la maison ouverte tout le jour et les affaires étaient excellentes. Il faut reconnaître que nous avons eu la chance pour nous. Un jour, une centaine de gosses en vacances se sont amenés dans trois autocars et ils ont réclamé de quoi manger dans les bois. Mais même sans eux, ce n'était pas si mal. Le registre de la caisse ne pouvait absolument rien dire contre nous et il n'a rien dit.

Mais une fois, au lieu de partir seule, Cora m'a emmené et, quand elle est sortie de l'hôpital, nous sommes allés faire un tour à la plage. On lui a donné un costume jaune et un bonnet rouge et, quand elle est sortie, je ne l'ai pas reconnue. Elle avait l'air d'une petite fille. C'était la première fois que je me rendais vraiment compte de sa jeunesse. Nous nous sommes amusés sur le sable, puis dans l'eau où nous nous sommes laissés rouler par les vagues. J'aimais avoir la tête sous l'eau, elle préférait y mettre ses pieds. Je regardais le ciel, c'était grand à voir. J'ai pensé à Dieu.

....

— Frank ?

— Quoi ?

— Il rentre demain. Tu comprends ?

— Oui.

— Il faudra que je couche avec lui.

— Sûr, à moins que nous soyons partis quand il arrivera.

— J'attendais ça.

— Tu veux bien, Cora ? Rien que toi et moi et la route.

— Toi et moi et la route.

— Deux vagabonds.

— Des bohémiens, soit... mais nous serons ensemble.

— Oui, ensemble.

....

Le lendemain, nous avons fait nos paquets. C'est-à-dire elle a fait ses paquets. J'avais acheté un costume et je l'ai mis. Pour moi, c'était tout. Elle a rangé ses affaires dans un carton à chapeau. Quand elle a eu fini, elle me l'a tendu.

— Mets-le dans la voiture.

— Dans la voiture ?...

— On ne prend pas l'auto ?

— Non, à moins que tu ne veuilles passer ta première nuit en prison. Voler la femme d'un autre, ce n'est rien, mais voler sa voiture, ça, c'est grave.

— Oh !

Nous sommes partis. L'autobus s'arrêtait à deux milles de là et nous voulions l'attraper. Chaque fois qu'une auto passait, nous faisions un signe de la main comme les silhouettes qui sont à la porte des auberges, au bord des routes, mais aucune n'a stoppé. Un homme seul peut trouver un passant qui l'emmène. Une femme seule aussi, si elle est assez folle pour l'accepter, mais un homme et une femme ensemble n'ont aucune chance. Une vingtaine de voitures nous ont dépassés. Cora soudain s'est arrêtée. Nous avions fait un quart de mille à peu près.

— Frank, je n'peux pas.

— Qu'est-ce qu'il y a ?

— Il y a ça.

— Quoi ça ?

— La route.

— Tu es folle. Tu es fatiguée, voilà tout. Ecoute, attends-moi là, et je vais trouver quelqu'un qui nous conduira en ville. Il faut y arriver de toute façon. Après ça ira mieux.

— Non, ce n'est pas ça. Je ne suis pas fatiguée. Je ne peux pas, voilà tout.

— Tu ne veux pas rester avec moi, Cora ?

— Mais si, tu le sais bien.

— Nous ne pouvons pas revenir sur nos pas,

maintenant. Nous ne pouvons pas recommencer ce que nous avons fait, tu le sais aussi, alors il faut venir.

— Je t'ai dit que je ne suis pas comme ça, Frank. Je ne me sens pas bohémienne du tout. J'ai honte d'être là à demander qu'on me transporte par amabilité ou par charité.

— Je te dis que je vais chercher une voiture pour nous conduire en ville.

— Et après ?

— Après ? eh bien ! nous y serons et nous continuerons.

— Non, c'est impossible. Nous passerons une nuit à l'hôtel et nous commencerons ensuite à chercher du travail, à vivre dans la boue.

— Ce n'est pas la boue que tu viens de quitter ?

— C'est différent.

— Cora, tu ne vas pas te dégonfler ?

— Ça y est, Frank. Je ne peux pas... Au revoir.

— Ecoute-moi une minute.

— Au revoir, Frank, je m'en retourne.

Elle a tiraillé la ficelle du carton à chapeau. J'ai essayé de le garder, de le porter pour elle au moins, mais elle me l'a arraché. Puis, elle est revenue sur ses pas. Elle était si jolie au départ, un moment auparavant, avec son petit costume bleu. Maintenant, elle semblait toute froissée, ses chaussures étaient couvertes de poussière, et elle pouvait à peine marcher droit tant elle pleurait. Tout à coup, j'ai découvert que je pleurais moi aussi.

VI

Une voiture m'a déposé à San Bernardino. C'est une ville où passe le chemin de fer et j'avais pensé à me faire trimbaler à l'œil vers l'est. Mais je ne l'ai pas fait. J'ai rencontré un type dans un billard et je me suis mis à jouer avec lui. C'était la crème des noix en matière de jeu parce qu'il avait un ami qui savait réellement jouer et il croyait être comme lui. Mais lui ne jouait vraiment pas assez bien pour moi. Je suis resté avec eux une quinzaine de jours et je leur ai pris deux cent cinquante dollars, tout ce qu'ils possédaient, mais j'ai dû me défiler en vitesse.

J'ai sauté dans un camion qui partait pour Mexicali, et puis, j'ai tout d'un coup songé qu'avec ces deux cent cinquante dollars, nous pourrions, Cora et moi, aller nous installer sur une plage quelconque, vendre des sandwichs, ou n'importe quoi jusqu'à ce que nous ayons assez d'argent pour prendre quelque chose de mieux. J'ai plaqué le camion et j'ai essayé de me faire ramener à Glendale. En tournant autour du marché où ils faisaient leurs provisions, j'espérais bien un jour tomber sur Cora. J'ai même téléphoné deux fois, mais c'est le Grec que j'ai eu à l'appareil, si bien que j'ai raccroché comme si je m'étais trompé.

En vadrouillant dans le marché, j'ai repéré un autre billard, à deux pas de là. Un jour, j'ai vu un type qui jouait tout seul à une des tables. A la façon dont il tenait sa queue de billard, on voyait vite qu'il était novice. J'ai commencé à m'amuser tout seul à la table d'à côté. Je songeais que si deux cent cinquante dollars nous permettaient d'acheter un bar à sandwichs, trois cent cinquante dollars nous mettraient tout à fait à l'aise.

— Si nous faisions une partie ?

— Oh ! je joue rarement.

— Bah ! juste une poule simple !

— D'ailleurs vous avez l'air bon joueur.

— Moi ? je ne suis qu'un débutant.

— Oh ! si c'est simplement histoire de s'exercer !

Nous avons commencé à jouer et je l'ai laissé prendre de l'avance pour le rassurer. Je secouais la tête comme si je ne parvenais pas à comprendre ce qui m'arrivait.

— Je suis trop bon pour vous, hein ! ça c'est drôle alors, mais je peux jouer mieux que ça, vous savez. Si on mettait un dollar la partie, pour rendre ça un peu plus vivant ?

— Soit, je ne perdrai pas beaucoup à un dollar !

Nous avons joué à un dollar le jeu, et je l'ai encore laissé gagner trois ou quatre jeux, peut-être davantage. Je jouais comme si j'étais nerveux et, entre les coups, j'essuyais vivement ma main avec mon mouchoir comme si j'étais en sueur.

— Décidément, ça ne va pas mieux. Si nous mettions ça à cinq dollars, j'essayerais de rattraper mon argent et nous irions boire un verre.

— Si vous voulez. Je ne tiens pas à votre galette. Allez, cinq dollars et on liquide.

Je l'ai encore laissé gagner quatre ou cinq fois et, à ma façon de jouer, on aurait pu croire que j'avais une maladie de cœur ou pire même. Je faisais des yeux de merlan frit.

— C'est égal, heureusement que je sais toujours m'arrêter à temps ! Mettons ça à vingt-cinq dollars pour que je me rattrape, et allons boire.

— C'est un peu beaucoup pour moi.

— Beaucoup ? Mais c'est toujours moi qui perds, alors ?

— Comme vous voulez, vingt-cinq dollars.

Alors j'ai commencé à jouer réellement. J'ai fait des coups dignes d'un champion. Des coups magnifiques... la balle volait autour de la table. J'ai même proposé un certain carambolage savant et je l'ai gagné. Il jouait toujours comme un nouveau-né. Il s'est trompé de queue, il s'est fourré dans les plus mauvaises positions, il a éraflé le tapis, il a mis la balle du mauvais côté. Il n'a jamais pu réussir les coups les plus ordinaires. Et malgré ça, quand je suis sorti de là, il m'avait pris mes deux cent cinquante dollars et une montre de trois dollars que j'avais achetée pour savoir à quel moment Cora pouvait arriver sur le marché. Je suis vraiment un bon joueur, mais, par malheur, j'aurais dû l'être encore davantage !

— Hé Frank !

C'était le Grec qui, à travers la rue, courait vers moi, alors même que je n'étais pas encore hors du billard.

— Eh bien, Frank, salaud de Frank, où étais-tu ? La plaquer comme ça ! Pourquoi c'est-y qu't'es parti juste au moment où je m'étais fait mal et où qu'j'avais besoin de toi ?

Nous nous sommes serré les mains. Il avait encore un bandage autour de la tête et un drôle de regard, mais il était vêtu d'un complet tout neuf et il avait mis de côté sur son front un chapeau noir. J'ai remarqué sa cravate pourpre, ses chaussures brunes, une chaîne de montre en or qui lui barrait la poitrine et un magnifique cigare qu'il avait à la main.

— Et toi, Nick, comment vas-tu ?

— Moi ? je vais très bien, j'suis frais comme l'œil, mais pourquoi qu'tu m'as lâché ? Tu me manques, tu sais, espèce de salaud !

— Tu me connais, Nick, je m'installe un instant, mais l'envie de partir me reprend vite.

— Faudra t'la passer, ton envie de courir... et dis-moi un peu où qu't'étais ? Allons, raconte... T'as rien fait ? Sacré coquin, j'te connais, viens avec moi acheter le bifteck, et raconte-moi tout ça.

— Tu es seul ?

— Ne fais pas l'idiot, qui c'est qui tiendrait la maison ouverte, maintenant qu't'as filé ? Bien sûr que j'suis seul. Pas mèche de sortir ensemble, Cora et moi, faut toujours que l'un des deux reste.

— C'est vrai. Où allons-nous ?

Il lui fallut bien une heure pour faire ses achats, tant il était occupé à me raconter comment son crâne avait été fracturé ; l'étonnement des docteurs qui n'avaient jamais vu une fracture comme celle-là ; la sacrée déveine qu'il avait avec ses nouveaux employés, deux types l'avaient déjà quitté depuis que j'étais parti : il avait dû chasser l'un d'eux le lendemain du jour où il l'avait engagé, et l'autre avait filé au bout de trois jours en emportant ce qu'il y avait dans la caisse. Enfin, il a dit qu'il donnerait n'importe quoi pour que, moi, je revienne.

— Frank, écoute-moi. On va à Santa-Barbara demain, Cora et moi. Nom d'un chien, on a bien le droit de rigoler un peu, pas vrai ? On va à la fête et tu vas t'amener avec nous. Ça te fait plaisir, pas vrai ? Tu viens avec nous et on parlera de ton retour à la maison. Ça t'amusera une fête à Santa-Barbara !

— Oui, on dit que c'est chouette.

— Y a des filles, de la musique, on danse dans les rues, c'est chic. Allons, Frank, t'acceptes ?

— C'est que… je ne sais pas.

— Cora va être dans une de ces rognes si elle apprend que j't'ai vu et que j't'ai pas ramené ! Elle a p't'être été un peu dure avec toi, mais elle sait qu't'es un chic type, tu sais. Allons, on ira tous les trois, c'est entendu, et tu verras c'qu'on va rigoler !

— Entendu. Si ça lui fait plaisir, j'irai.

Il y avait huit à dix personnes dans le restaurant quand nous sommes arrivés. Cora était dans la cuisine, lavant les assiettes aussi vite qu'elle pouvait pour en avoir assez pour tout le monde.

— Hé, hé, Cora, regarde qui j't'amène !

— En voilà une surprise ! D'où sort-il ?

— Je l'ai trouvé à Glendale. On l'emmène avec nous à Santa-Barbara.

— Bonjour, Cora, comment allez-vous ?

— Ça en fait un temps qu'on ne vous a vu !

Elle a vite essuyé ses mains et me les a tendues, mais elles étaient savonneuses. Elle est sortie pour prendre des ordres et je me suis assis là avec le Grec. D'habitude, il aidait sa femme, mais il était trop excité à l'idée de me montrer quelque chose et il l'a laissée travailler seule. Ce qu'il voulait me montrer, c'était un gros album dans lequel il avait collé, d'abord, son certificat de naturalisation, puis son bulletin de mariage, enfin sa licence l'autorisant à tenir un commerce dans le comté de Los Angeles. Il y avait aussi une photo de lui-même alors qu'il était dans l'armée grecque, une photo de Cora et de lui le jour de leur mariage, puis tous les papiers se rapportant à l'accident. Ces coupures de journaux parlaient, à vrai dire, beaucoup plus du chat que de lui, mais enfin elles portaient son nom et l'histoire de son transport à l'hôpital de Glendale. Cependant, dans le journal grec de Los Angeles, on s'occupait davantage de lui que du chat, il y avait même sa photo en tenue de garçon de café, ainsi que des détails sur sa vie. Il y avait ensuite, dans l'album, les documents des rayons X. Il y en avait bien une demi-douzaine car on l'avait radiographié chaque jour pour suivre la marche de la guérison. Pour qu'on puisse voir le cliché en transparence, il avait collé deux feuilles ensemble par les bords, découpé le milieu, puis glissé la pellicule à l'intérieur. Après les rayons X venaient les notes d'hôpital, les bulletins des médecins et les papiers des infirmières. Ce coup sur le crâne lui avait coûté trois cent vingt-deux dollars. C'est comme je vous le dis.

— Joli, n'est-ce pas ?

— Tu parles, et tout y est ?

— Sûr. Ce n'est pas au point encore. Je vais y mettre du bleu et du rouge, comme ça.

Il m'a montré deux pages qu'il avait commencé à colorier. Les boucles des lettres étaient teintées d'encre, puis ornées de bleu, de blanc et de rouge.

Sur le certificat de naturalisation, il y avait deux

drapeaux américains et un aigle. Sur la photo de l'armée grecque, deux drapeaux grecs, croisés, et un aigle. Sur le certificat de mariage, un couple de tourterelles dans des branches. Il avait dessiné déjà ce qu'il y aurait sur les autres choses. Je lui ai proposé, pour les coupures de journaux, un chat rouge et blanc avec une étincelle bleue qui sortirait de la queue, il a trouvé ça épatant. Mais il n'a pas compris lorsque je lui ai conseillé, pour la licence commerciale, une buse tenant dans son bec une banderole sur laquelle serait écrit : « Vente aux enchères ». Je n'ai d'ailleurs pas jugé nécessaire de lui fournir une explication quelconque. Mais j'ai saisi, soudain, pourquoi il était si bien habillé, pourquoi il faisait moins d'esbroufe que d'habitude, pourquoi il avait l'air si important. Ce Grec avait eu une fracture du crâne... une chose qui n'arrive pas tous les jours à un crétin de son espèce. Il était comme un *wop*[1] qui soudain peut ouvrir une pharmacie. Dès qu'il obtient le diplôme de pharmacien, avec un beau cachet rouge dessus, un *wop* met un complet gris dont le veston est bordé de noir, et il devient si fier de lui-même qu'il ne s'abaisse plus jamais à préparer des pilules ou à servir un *ice-cream soda,* ainsi qu'il le faisait auparavant. Le Grec était bien habillé pour la même raison. Une grande chose était arrivée dans sa vie.

....

Il était presque l'heure du dîner quand j'ai réussi à voir Cora seule. Le Grec était monté se laver et nous avait laissés dans la cuisine.

— As-tu pensé à moi, Cora ?

1. Terme péjoratif pour désigner un Italien.

— Bien sûr. Comme si je pouvais oublier si vite.

— J'ai tant pensé à toi, moi aussi. Comment vas-tu ?

— Moi ? Très bien.

— J'ai téléphoné plusieurs fois, mais il a toujours répondu et je ne voulais pas lui parler. J'ai gagné un peu d'argent.

— Bravo, tu te débrouilles, alors ?

— J'en ai gagné... mais je l'ai perdu. Je pensais qu'il nous servirait à nous établir, et puis j'ai tout perdu.

— Il faut que l'argent roule.

— C'est vrai que tu as pensé à moi, Cora ?

— Bien sûr.

— On ne dirait pas.

— Vraiment ?

— Pourquoi ne m'embrasses-tu pas ?

— Il faut que je prépare le dîner. Tu ferais mieux d'aller faire un peu de toilette... au moins te laver les mains.

Ça s'est passé comme ça. Ça a été comme ça toute la soirée. Le Grec nous a servi son vin doux, il a chanté un tas de chansons. Nous étions assis en rond et Cora n'avait pas plus l'air de me connaître que si j'avais seulement été un type employé autrefois dans la maison, mais dont elle ne se souvenait pas très bien du nom. C'était bien la plus maussade réception que l'on puisse imaginer.

Quand ça a été l'heure d'aller au lit, je les ai laissés monter, puis je suis sorti pour essayer de deviner si je devais rester là et reprendre mes habitudes avec elle si c'était possible, ou si je devais filer et l'oublier. J'ai marché longtemps, je ne sais ni pendant combien de temps, ni dans quelle direction, mais tout à coup j'ai entendu une rumeur qui venait de la maison. Je suis revenu sur mes pas, et quand j'ai été tout près, j'ai pu distinguer ce qu'elle disait. Elle braillait autant qu'elle pouvait, et elle disait qu'il fallait que je parte. Il murmurait indistinctement, il devait vouloir que je reste pour l'aider à travailler. Il tentait de la faire taire, mais il n'y parvenait pas, elle criait exprès pour que j'entende. Si j'avais été dans ma chambre, où elle croyait que j'étais, j'aurais pu tout saisir, mais de ma place j'en attrapais suffisamment.

Soudain elle s'est arrêtée. Je me suis glissé dans la cuisine et j'ai continué d'écouter. Je n'entendais plus rien, car j'étais tout bouleversé et tout ce que je percevais, c'était le battement de mon propre cœur qui tapait : boum, boum, boum, boum... comme ça. Je songeais qu'il cognait rudement pour un cœur, et tout à coup j'ai eu l'impression qu'il y avait deux cœurs dans cette cuisine et que c'était pour cela que c'était drôle.

J'ai tourné le bouton électrique.

Cora était là, debout, vêtue d'un kimono rouge, pâle comme du lait, me regardant fixement, un long couteau dans la main. Je lui ai sauté dessus et je lui ai arraché le couteau ; quand elle a parlé, on aurait cru entendre le sifflement d'un serpent qui va s'élancer.

— Pourquoi es-tu revenu ?

— Je n'ai pas pu faire autrement.

— Tu n'avais pas à revenir. J'aurais pu y arriver. Je commençais à t'oublier. Et tu es revenu. Bon Dieu, tu avais besoin de revenir ?

— Tu arrivais à quoi ?

— Pourquoi est-ce qu'il fait cet album ? *Pour le montrer à ses enfants !* Il en veut un maintenant, un enfant. Il en veut un tout de suite. Comprends-tu ?

— Mais pourquoi n'es-tu pas partie avec moi ?

— Pour aller où ? Pour coucher dans les gares ? Pourquoi serais-je allée avec toi ? Dis-le ?

Je n'ai rien pu répondre. Je pensais à mes deux cent cinquante dollars, mais à quoi bon lui dire que j'avais de l'argent hier, puisque, aujourd'hui, je l'avais perdu au jeu ?

— Tu es un sale type, je le sais. Un sale type. Pourquoi es-tu revenu, puisque tu étais parti ? Pourquoi ne pas m'avoir laissée seule ? Pourquoi ?

— Ecoute. Fais-le patienter un peu avec cette histoire de gosse. Fais-le attendre, et nous trouverons un moyen d'en sortir. Je suis un sale type, Cora, c'est entendu, mais je t'aime. Je te le jure.

— Tu le jures... et qu'est-ce que tu fais ? Il m'emmène à Santa-Barbara pour arriver à me faire dire que j'accepte d'avoir un gosse, et toi... toi, tu viens simplement avec nous. Tu coucheras au même hôtel que nous ! Tu viendras avec nous dans l'auto. Tu...

Elle s'est arrêtée et nous sommes restés en face l'un de l'autre. Nous trois dans la voiture. Nous savions ce que cela voulait dire. Petit à petit, nous nous sommes rapprochés jusqu'à ce que nous nous touchions.

— Oh ! Dieu, Frank, n'y a-t-il pas moyen de faire autrement ?

— Quoi ? N'allais-tu pas lui planter ce couteau dedans il y a une minute ?

— Non, c'était pour moi, Frank, pas pour lui.

— Cora, c'est le destin. Nous avons tout essayé.

— Je ne peux tout de même pas avoir un gosse grec et graisseux ! Si j'ai un enfant, il sera de toi. Si tu étais moins sale type seulement ! Tu es si épatant et si mauvais à la fois.

— Je sais, mais je t'aime.

— Oui, et moi aussi je t'aime.

— Fais-le attendre. Juste cette nuit.

— Entendu, Frank. Juste cette nuit.

VII

Je sais un long, long sentier
Dans la lande de mes rêves
Où le rossignol chante
Quand la blanche lune brille...

Je sais qu'il me faudra attendre,
Durant de tristes nuits obscures
Avant que mes rêves se réalisent
Pour qu'enfin je puisse suivre
Ce long, long sentier avec toi...

— Y n's'en font pas !

— Pas assez, à mon goût !

— Et vous f'rez bien de n'pas leur laisser le volant, m'zelle, c'serait du joli.

— Soyez tranquille. Qu'est-ce que vous voulez que je fasse de ces ivrognes. Je ne voulais pas repartir avec eux, mais ils ont tenté de partir seuls.

— Ils se s'raient cassé la figure !

— Sûrement. Alors, j'ai préféré conduire moi-même, c'est tout ce que j'avais à faire.

— C'est quelquefois calé de savoir ce qu'on a à faire. Un dollar d'essence. L'huile va ?

— Je crois.

— Merci, m'zelle. Bonne nuit.

Elle est remontée dans l'auto, elle a repris le volant, tandis que le Grec et moi nous continuions à chanter, et nous sommes repartis. Cette fois, pour notre plan, je devais être ivre, car notre première expérience m'avait guéri de l'idée que nous pourrions réussir un meurtre impeccable. Alors, ça allait être un assassinat si stupide que ce ne serait même plus un assassinat. Ce serait un banal accident d'auto avec des types ivres et de l'alcool dans la voiture et tout ce qui s'ensuit. Bien sûr quand j'ai commencé le jeu, il fallait que le Grec suive le mouvement, et il était juste au point où je voulais qu'il soit. Nous nous sommes arrêtés pour prendre de l'essence afin d'avoir un témoin qui affirmerait que Cora n'était pas ivre et qu'elle n'avait guère envie d'être avec nous. En effet, puisqu'elle conduisait, elle ne devait pas boire. Avant cet arrêt, nous avions eu de la chance. Juste quand nous fermions la maison, un type était entré pour manger un morceau et il était resté sur la route pour nous regarder filer. Il m'avait donc vu essayer de mettre en marche deux ou trois fois sans y réussir, puis discuter avec Cora et reconnaître que j'étais trop saoul pour conduire. Cora avait quitté la voiture et déclaré qu'elle ne viendrait pas avec nous. Il m'avait vu tenter de partir seul avec le Grec. Enfin, il avait vu Cora me tirer de mon siège, me flanquer derrière tandis que le Grec restait devant, puis prendre d'autorité le volant et démarrer. Son nom était Jeff Parker, et il élevait des lapins à Enrico. Cora avait appris cela en racontant qu'elle devrait essayer d'élever des lapins pour le restaurant. Nous savions où le trouver si nous avions besoin de lui.

Le Grec et moi chantions *Mother Machree* et *Smile, smile, smile* et encore *Down by the old Mill Stream* et nous étions vite arrivés au poteau indiquant Malibu Plage. Là, Cora a tourné. Normalement, elle aurait dû aller tout droit. Il y avait deux grandes routes pour atteindre la côte. L'une, à dix milles à l'intérieur, était celle sur laquelle nous étions. L'autre, juste au bord de l'océan, était sur notre gauche. Elles se rejoignaient à Ventura et suivaient ensuite la mer jusqu'à Santa-Barbara, San Francisco et plus loin encore. Mais Cora n'avait jamais vu Malibu Plage où vivent tant d'étoiles de cinéma, et elle voulait passer le long de l'océan, faire un détour de deux milles pour y jeter un coup d'œil, puis tourner de nouveau et repartir vers Santa-Barbara. La véritable raison de ce détour était que cet embranchement était la plus mauvaise route de tout le comté de Los Angeles et qu'un accident à cet endroit ne pouvait surprendre personne, pas même un flic. Il y fait sombre, il n'y a aucun trafic ou presque, aucune maison, rien, ce qui facilitait beaucoup ce que nous avions à faire.

Le Grec n'a rien remarqué pendant un moment. Nous avons longé une petite colonie de vacances que l'on appelle « Le Lac Malibu ». Au flanc de la colline des gens dansaient dans une cabane, tandis que d'autres couples se promenaient sur l'eau en canoës. J'ai crié vers eux. Le Grec m'a imité. « Vous en faites pas ! » Cela ne changeait pas grand-chose, mais cela faisait une marque de plus sur notre piste, si jamais quelqu'un cherchait à la reconstituer.

Nous avions à monter une première côte au milieu

des montagnes. Elle durait pendant trois milles. J'avais donné des conseils à ce sujet à Cora. Elle est restée en seconde presque tout le temps, à cause des tournants aigus qu'il y avait tous les cinquante mètres et où la voiture perdait suffisamment de vitesse pour ne pouvoir aborder le tournant suivant qu'en seconde. C'était aussi beaucoup pour que le moteur chauffe. Tout était minutieusement préparé. Nous devions avoir beaucoup à raconter.

Mais quand le Grec s'est aperçu qu'il faisait si sombre, que nous étions embarqués dans une fichue région pleine de montagnes, sans une lumière, sans une maison, sans un poste d'essence, ou rien d'autre en vue, il a repris ses esprits et s'est fâché.

— Fais attention, voyons. Tourne, bon Dieu, tu t'es trompée de route !

— Non, je sais où je suis. Nous allons arriver à la plage de Malibu. Tu ne te souviens pas ? Je t'ai dit que je voulais la voir.

— Alors va doucement.

— Je vais doucement.

— Va plus doucement encore, j'veux pas qu'on s'tue !

Nous sommes parvenus au sommet et nous nous sommes attaqués à la descente. Elle a arrêté le moteur. Le ventilateur a tourné vite pendant un moment, puis il a stoppé. Elle a de nouveau embrayé en bas de la côte. J'ai regardé le thermomètre. Il était à 95. Elle est repartie jusqu'à la montée suivante et le thermomètre a continué de monter.

— Sans blague. Sans blague.

C'était notre signal. Une de ces choses idiotes qu'on peut dire toujours sans que personne y prenne garde. Elle a lancé l'auto sur l'un des bords. En dessous, il y avait un ravin dont on ne pouvait voir le fond. Il avait bien deux cents mètres.

— Je crois qu'il faut laisser refroidir un peu.

— Bon Dieu, je crois bien. Regarde-moi ça, Frank, regarde donc !

— Quoi ?

— Le thermomètre est à 97. Dans une minute ça va bouillir.

— Laisse bouillir.

J'avais saisi la clef anglaise. Je l'avais mise sous mes pieds. Mais à ce moment précis, j'ai aperçu en haut de la côte les lumières d'une auto. J'ai dû attendre. Une minute de plus et la voiture serait passée au bon moment.

— Si tu chantais quelque chose, Nick ?

Il a regardé le pays sinistre autour de lui, mais il n'avait guère envie de chanter. Puis il a ouvert la portière et il est descendu. Nous l'avons entendu qui vomissait derrière la voiture. Il était là quand l'auto nous a croisés. J'ai noté le numéro dans ma tête. Puis j'ai éclaté de rire. Cora s'est retournée vers moi.

— Tu piges... Ils auront ainsi quelque chose à se rappeler : les deux hommes vivaient quand ils sont passés !

— As-tu pris le numéro ?

— 2 R.58-01.

— 2 R.58.01 — 2 R.58.01. Ça va, je le sais aussi.

— Ça colle.

Le Grec est revenu. Il semblait en meilleur état.

— Vous avez-t-y entendu ?

— .Quoi ?

— Quand t'as ri... Y a un écho ! un écho magnifique !

Il a lancé une note aiguë. Ce n'était pas un air,

c'était juste une note haute, comme sur un disque de Caruso. Il a cessé brusquement et il a attendu. La note est revenue, clair et précise, et elle s'est arrêtée net comme il l'avait fait.

— C'est-y pareil à ma voix, ça ?

— Du pareil au même, vieux, on s'y tromperait.

— Mince alors, c'est chouette !

Il est resté planté là, pendant cinq minutes, lançant ses notes aiguës et les écoutant revenir vers lui. C'était la première fois qu'il entendait sa voix résonner comme ça. Cela l'amusait comme un singe qui se voit dans un miroir. Cora me regardait. Nous avions à faire. J'ai commencé à rouspéter.

— Dis donc. Tu crois qu'on n'a que ça à faire ? T'écouter chanter pour toi seul toute la nuit ? Allez, monte, qu'on fiche le camp !

— Il est tard, Nick.

— Ça va, ça va.

Il est monté, mais il a mis sa tête à la portière pour lancer encore une note. Je me suis baissé et tandis qu'il avait encore la tête dehors, j'ai saisi de nouveau la clef anglaise. Sa tête a craqué et je l'ai sentie craquer. Il a sauté en l'air et s'est recroquevillé sur le siège comme un chat sur un sofa. Il m'a semblé qu'il mettait des heures à rester immobile. Puis Cora a laissé échapper un drôle de gloussement qui s'est terminé en un gémissement... car l'écho, soudain, renvoyait la note que le Grec avait lancée. La note vibra comme il l'avait fait vibrer, puis diminua, s'arrêta, s'immobilisa.

VIII

Nous n'avons pas dit un mot. Elle savait ce qu'elle avait à faire. Elle est passée derrière, je suis passé devant. J'ai examiné la clef anglaise sous la veilleuse. Il y avait quelques gouttes de sang dessus. J'ai débouché une bouteille de vin, et j'en ai versé jusqu'à ce que le sang disparaisse. Puis j'ai versé du vin sur le Grec. J'ai essuyé la clef anglaise sur un morceau sec de ses vêtements, puis je l'ai tendue à Cora. Elle l'a mise sous le siège. J'ai encore versé du vin là où j'avais essuyé la clef anglaise. J'ai cassé la bouteille contre la porte et l'ai mise au-dessus de lui. Puis j'ai remis l'auto en route. La bouteille a émis un gargouillis, parce que le vin coulait.

J'ai un peu avancé, puis je suis passé en seconde. Je ne pouvais tout de même pas lancer l'auto dans le ravin de deux cents mètres que nous dominions. Il fallait que nous y allions ensuite, et comment aurions-nous fait croire que nous en étions sortis vivants ? J'ai conduit doucement, en seconde, jusqu'à un endroit où le ravin n'avait guère que cinquante pieds. Arrivé là, je suis monté sur le talus, j'ai mis mon pied sur le frein, et j'ai accéléré avec la manette à main. Dès que la roue de devant a été dans le vide, j'ai appuyé à fond sur le frein. L'auto a calé, c'est ce que je voulais. La voiture devait être en prise, le contact mis, et le moteur calé freinerait suffisamment pour ce que nous avions à faire.

Nous avons quitté l'auto. Nous avons fait quelques pas sur la route en évitant le talus. Inutile de laisser des empreintes. Cora m'a donné une pierre et un gros morceau de bois que j'avais mis dans la voiture à cet effet. J'ai mis la pierre sous l'essieu. Elle allait à merveille et je l'avais choisie exprès. Puis, j'ai passé le madrier sur la pierre, sous l'essieu. J'ai ensuite appuyé dessus de tout mon poids. L'auto a bougé, mais elle n'a pas basculé. J'ai appuyé de nouveau, elle a remué un peu plus. J'ai commencé à suer. Nous étions là avec ce mort dans la voiture... Que se passerait-il si je n'arrivais pas à la soulever ?

J'ai essayé encore, mais cette fois Cora m'aidait. A nous deux, on a appuyé de toute notre force. Tout à coup, nous en sommes restés là, affalés sur la route, l'auto a dégringolé la côte sens dessus dessous jusqu'en bas, en faisant tant de potin qu'on devait l'entendre à un mille de là.

Elle s'est arrêtée. Les phares marchaient encore et elle n'était pas en feu. C'était là le plus grand danger. Le contact étant mis, si l'auto avait flambé, pourquoi n'aurions-nous pas été brûlés nous aussi ? Alors, j'ai lancé la pierre au loin, j'ai couru jeter le madrier sur la droite de la route à une bonne distance. Je ne m'en suis pas beaucoup inquiété d'ailleurs. Tout le long de la route, il y a comme ça des madriers, des poutres tombées des camions qui passent. Ils sont tous, comme le mien, esquintés par les autos qui leur grimpent dessus. Moi, je l'avais choisi exprès, si bien qu'il était plein d'écorchures et qu'on n'aurait pu le distinguer des autres.

Je suis revenu à la voiture, j'ai enlevé Cora dans mes bras, et j'ai dévalé le ravin. Je faisais cela toujours pour éviter les empreintes. Les miennes m'importaient peu. Des marques de pas d'hommes, il y en aurait bientôt des tas le long de la pente, mais ses petits talons pointus devaient laisser une trace dans la bonne direction au cas où quelqu'un aurait l'idée de les examiner.

J'ai déposé Cora près de l'auto pendue par deux roues à mi-chemin du fond. Le Grec était toujours dedans, mais il gisait maintenant sur le plancher. La bouteille avait glissé entre le siège et lui, et tandis que nous examinions l'homme, elle émit un nouveau gargouillis. Le toit de la voiture était démoli, ainsi que les ailes. J'ai essayé d'ouvrir les portes. Cela était important, car il fallait que je me glisse à l'intérieur et que je me coupe avec les vitres tandis que Cora remontait sur la route. Les portières s'ouvraient bien.

Alors, j'ai chiffonné la blouse de Cora, j'ai arraché ses boutons, de façon qu'elle ait l'air d'avoir été amochée elle aussi. Elle m'a regardé faire et ses yeux n'étaient plus bleus, mais noirs. J'entendais sa respiration plus rapide. Elle s'est approchée tout contre moi.

— Arrache-moi tout ça !

J'ai obéi. J'ai passé ma main dans sa blouse et j'ai tiré. L'étoffe s'est déchirée et Cora s'est trouvée nue de la poitrine au ventre.

— Tu auras fait ça en sortant de la bagnole. La blouse se sera prise dans la poignée de la portière.

Ma voix a résonné drôlement, comme si elle sortait d'un tout petit phonographe.

— Et ça... tu ne sauras pas où tu te l'auras fait.

J'ai pris mon élan, et je lui ai flanqué mon poing dans l'œil aussi fort que j'ai pu. Elle est tombée, elle est restée à mes pieds, ses yeux brillaient, ses seins tremblaient, leurs pointes dressées et tendues vers moi. Elle était étendue là et mon souffle faisait dans ma gorge un bruit qui ressemblait à un grognement de bête, ma langue était toute gonflée et un goût de sang emplissait ma bouche.

— Oh ! oui, Frank, oui.

J'étais étendu sur elle, nous nous regardions dans les yeux. Nous étions serrés l'un contre l'autre, essayant d'être plus unis encore. L'enfer aurait pu s'ouvrir devant moi alors, je n'en aurais pas bougé. Il fallait que je l'aie, même si l'on devait me pendre pour cela. Je l'ai eue.

IX

Nous sommes restés là quelques minutes anéantis, comme si nous nous étions drogués. Tout était si calme qu'on entendait seulement le gargouillement doux du vin qui coulait dans l'auto.

— Et maintenant, Frank ?

— Le plus dur est à faire, Cora. Il faut que tu fasses très attention. Seras-tu assez forte ?

— Maintenant, je passerai à travers tout.

— Les flics vont t'interroger, ils vont essayer de te dérouter. Sauras-tu lutter avec eux ?

— Je crois.

— Ils trouveront peut-être quelque chose contre toi. Je ne le crois pas à cause de tous les témoins que nous avons. Mais on ne sait jamais. Ils te puniront peut-être pour homicide par imprudence et tu devras faire un an de prison. Ce sera pire peut-être. Tiendras-tu le coup ?

— Tu m'attendras à la sortie ?

— Tu parles !

— Alors, je supporterai tout.

— Bien. Maintenant ne fais plus attention à moi. Je suis saoul. Ils ont plus de preuves qu'il n'en faut pour le croire. Je ne dirai que des blagues. C'est pour les dérouter, et quand je serai à jeun, je leur dirai ce que je voudrai et ils me croiront.

— Je m'en souviendrai.

— N'oublie pas que tu es furieuse contre moi. Parce que je suis saoul et parce que je suis la cause de tout.

— Je sais.

— Alors, on est prêt.

— Frank ?

— Quoi ?

— Ecoute encore. Nous nous aimons, et si nous nous aimons, rien d'autre ne compte.

— Alors ?

— Je te le dirai la première : Je t'aime, Frank.

— Je t'aime, Cora.

— Embrasse-moi.

Je l'ai encore embrassée et serrée dans mes bras, puis j'ai vu une lueur sur la colline de l'autre côté du ravin.

— Allons, grimpe là-haut et cramponne-toi, il faut en sortir.

— On en sortira.

— Demande de l'aide seulement. Tu ne sais pas encore qu'il est mort.

— Entendu.

— Tombe quand tu seras en haut, pour expliquer le sable sur ta robe.

— Oui. Au revoir.

— Au revoir.

Elle a commencé à monter et je me suis précipité vers l'auto. Soudain, j'ai découvert que je n'avais plus mon chapeau. Je devais être dans la voiture et avoir mon chapeau avec moi. J'ai tâtonné à sa recherche. L'autre auto approchait de plus en plus.

Elle n'était plus qu'à deux ou trois tournants de là, et je n'avais toujours pas mon chapeau, ni aucune trace d'accident sur moi. J'ai abandonné et me suis retourné vers la voiture. Je suis tombé. J'avais pris mon pied dans mon chapeau. Je l'ai empoigné et j'ai plongé dans l'auto. Mon poids s'est communiqué bientôt au plancher qui s'est effondré, et j'ai senti l'auto qui se renversait. Pendant un bon moment, je n'ai plus eu conscience de rien du tout.

Quand je suis revenu à moi, j'étais étendu sur le sol, et autour de moi il y avait beaucoup de cris et de paroles. Mon bras gauche me faisait très mal, si mal que je gémissais chaque fois que je le bougeais. Mon dos aussi était douloureux. Et dans ma tête, un mugissement continu grondait, s'amplifiait et s'évanouissait tour à tour. En même temps, le sol paraissait s'enfuir sous moi et tout ce que j'avais bu remontait. J'étais là et je n'étais pas là, mais j'avais suffisamment repris mes esprits pour me rouler par terre et lancer des coups de pied. Il y avait du sable sur mes vêtements,... il fallait qu'il y ait une raison à cela.

Ensuite, j'ai entendu un sifflement aigu et je me suis trouvé dans une ambulance. Un agent était à mes pieds et un docteur s'occupait de mon bras. Je me suis trouvé mal dès que j'ai vu ça. Le sang coulait et, entre le poignet et le coude, il était plié en deux comme une branche. Il était cassé. Quand je suis revenu à moi de nouveau, le docteur travaillait toujours dessus et j'ai pensé à mon dos. J'ai essayé de tourner mon pied et de voir ce qu'il faisait, j'ai craint d'être paralysé. Mon pied a bougé.

Le sifflement aigu m'a tenu éveillé et j'ai regardé

autour de moi. J'ai vu le Grec. Il était sur l'autre civière.

— Hé, Nick !

Personne n'a répondu. J'ai essayé de regarder partout, mais je n'ai pas vu Cora.

Au bout d'un moment, l'ambulance s'est arrêtée et ils ont sorti le Grec. J'ai pensé qu'ils allaient m'emporter aussi, mais ils m'ont laissé là. Je savais maintenant que Nick était bien mort et que, cette fois-ci, il ne pourrait y avoir ni fausse surprise, ni histoire de chat. S'ils nous avaient sortis tous les deux, c'est que nous aurions été devant l'hôpital. Puisqu'ils ne sortaient que Nick, c'est que c'était la morgue.

On a encore roulé, puis on s'est arrêté et ils m'ont tiré de là. Ils m'ont transporté à l'intérieur, installé sur une table roulante et emmené dans une chambre blanche. Ils ont tout préparé pour remettre mon bras. Ils ont approché une machine, pour m'endormir sans doute, mais ils se sont disputés. Il y avait un autre docteur, cette fois, qui disait qu'il était le médecin de la prison et les médecins de l'hôpital étaient furieux. J'ai compris ce qui arrivait. On voulait avoir des preuves de mon ivresse. Si l'on m'avait endormi tout de suite, cela aurait complètement transformé mon haleine — la première preuve. Le docteur de la prison a eu gain de cause, il m'a fait souffler dans un verre sur quelque chose qui ressemblait à de l'eau, mais qui est devenu jaune sous mon souffle. Il m'a pris quelques gouttes de sang et d'autres échantillons qu'il a versés dans des bouteilles avec un entonnoir. Ensuite, on m'a endormi.

Quand j'ai repris connaissance, j'étais dans une chambre, sur un lit. Ma tête était couverte de bandages ainsi que mon bras maintenu par une écharpe. Mon dos était couvert de tissu adhérent, si bien que je pouvais à peine bouger. Un agent était près de moi, il lisait un journal. Ma tête me faisait un mal du diable, mon dos aussi, et mon bras m'élançait furieusement. Au bout d'un moment, une infirmière est entrée, elle m'a donné un cachet et je me suis endormi.

Il était midi quand je me suis réveillé et on m'a donné à manger. Deux agents sont entrés, ils m'ont mis sur une civière et ils m'ont emporté dans une autre ambulance.

— Où allons-nous ?

— A l'enquête.

— Une enquête ? Mais on fait ça quand il y a des morts seulement.

— C'est ça.

— C'est ce que je craignais pour eux.

— Il n'y en a qu'un.

— Lequel ?

— L'homme.

— Ah ! Et la femme est blessée aussi ?

— Pas gravement.

— C'est mauvais pour moi, ça !

— Dites donc, vieux, nous, on s'en fiche que vous parliez, mais ça peut vous retomber dessus après, quand on vous jugera...

— C'est vrai. Merci.

Nous nous sommes arrêtés devant une boutique de pompes funèbres à Hollywood, et ils m'ont transporté à l'intérieur. Cora était là, assez abattue. Elle avait une blouse qu'une surveillante lui avait prêtée et qui gonflait autour de son ventre comme si elle était pleine de foin. Son costume et ses chaussures étaient poussiéreux, l'œil que j'avais cogné était tout gonflé. La surveillante était près d'elle. Le *coroner* était derrière une table avec une espèce de secrétaire auprès de lui. Dans un coin, il y avait une demi-douzaine de types qui se chamaillaient et que des flics gardaient. C'était le jury. Il y avait encore des tas de gens que les agents repoussaient là où ils devaient rester. L'ordonnateur, sur la pointe des pieds, surveillait tout et offrait des chaises à qui n'en avait pas. Il en a apporté deux pour Cora et la surveillante. A l'autre bout de la table il y avait quelque chose sous un drap.

Dès qu'ils m'ont eu installé à leur idée sur une table, le *coroner* a tapoté la table avec son crayon et on a commencé. D'abord vérification d'identité. Cora s'est mise à pleurer lorsqu'on a soulevé le drap, je n'ai pas beaucoup aimé cela moi non plus. Quand elle a eu regardé, quand j'ai eu regardé, quand le jury a eu regardé, ils ont remis le drap dessus.

— Connaissez-vous cet homme ?

— C'était mon mari.

— Comment s'appelle-t-il ?

— Nick Papadakis.

C'était ensuite le tour des témoins. Le sergent a raconté comment il avait reçu un coup de téléphone, et comment il était parti avec deux hommes, après avoir prévenu l'ambulance. Comment il avait envoyé Cora par l'auto qu'il avait prise et le Grec et moi dans l'ambulance. Comment le Grec était mort en route, et comment il l'avait déposé à la morgue.

Ensuite, un type nommé Wright a dit comment, alors qu'il dépassait un tournant, il avait entendu une femme crier et un grand craquement. Comment il avait vu une auto tourner sur elle-même, phares allumés, au fond du ravin. Il avait vu Cora sur la route, faisant des signes vers lui. Il était descendu jusqu'à la voiture avec elle, il avait essayé de nous tirer de là. Il n'y était pas arrivé parce que la voiture était sur nous, alors il avait envoyé son frère, qui était avec lui, pour chercher de l'aide. Ensuite, d'autres gens étaient venus, et puis les agents, enfin, ils avaient pu soulever l'auto, nous sortir, et nous mettre dans l'ambulance. Puis, le frère de Wright a raconté la même histoire en ajoutant qu'il était rentré avec les agents.

Le docteur de la prison a dit que j'étais ivre, qu'un examen de l'estomac du Grec avait révélé qu'il était ivre aussi. Cora, seule, ne l'était pas. Il a dit quelle était la fracture qui avait causé la mort du Grec. Alors le *coroner* s'est tourné vers moi et m'a demandé si je voulais témoigner :

— Oui, monsieur.

— Je vous préviens que ce que vous direz peut se tourner contre vous, et que vous n'êtes pas obligé de témoigner si vous ne le désirez pas.

— Je n'ai rien à cacher.

— Très bien. Que savez-vous ?

— Tout ce que je sais, c'est que je conduisais. Tout d'un coup, j'ai senti l'auto s'effondrer sous moi et quelque chose m'a frappé, et je ne me rappelle rien d'autre jusqu'à mon réveil à l'hôpital.

— Vous conduisiez ?

— Oui, monsieur.

— Vous en êtes bien sûr ?

— Mais je l'affirme, monsieur.

C'était la fausse histoire que je devais démentir, plus tard, au moment où vraiment ce que je dirais aurait de l'importance. L'enquête ne signifiait pas grand-chose. J'avais pensé que si je racontais des bobards, d'abord, puis ensuite une autre histoire, on croirait que le deuxième récit était vrai, tandis que si je donnais ma deuxième version en premier lieu, on se rendrait compte de ce qu'elle était, c'est-à-dire fausse. Je racontais cela pour la première fois. Je voulais faire mauvaise impression dès le début. Si je n'avais pas conduit l'auto, cela n'aurait rien changé d'ailleurs à la mauvaise impression que je voulais donner, ils ne pouvaient rien contre moi. Ce que je craignais avant tout, c'était de fabriquer à nouveau ce meurtre parfait qui nous avait si bien claqué dans les doigts l'autre fois. Un tout petit oubli, et nous étions fichus. Tandis que si j'avais l'air d'un sale type, il pourrait y avoir quelques petites erreurs sans que cela s'aggrave. Plus j'aurais l'air d'un ivrogne invétéré, moins notre aventure aurait l'air d'un assassinat volontaire.

Les agents se regardaient l'un l'autre et le *coroner* m'examinait comme s'il me prenait pour un fou. Ils savaient déjà tous qu'on m'avait retiré du siège arrière de l'auto.

— Vous êtes sûr de cela ? Vous conduisiez ?...

— Absolument sûr.

— Vous aviez bu ?

— Non, monsieur.

— Vous avez entendu pourtant les résultats des examens !

— Je ne sais pas de quoi vous parlez. Tout ce que je sais, c'est que je n'avais pas bu.

Le *coroner* s'est tourné vers Cora. Elle a dit qu'elle dirait tout ce qu'elle savait.

— Qui conduisait l'auto ?

— Moi.

— Où était cet homme ?

— Derrière.

— Avait-il bu ?

Elle a regardé au loin, elle a avalé sa salive et s'est écriée :

— Suis-je obligée de répondre ?

— Vous répondrez si vous le voulez.

— Alors, je ne répondrai pas.

— Très bien. Alors, dites-nous ce que vous savez.

— Je conduisais. Il y avait une grande côte et le moteur avait chauffé. Mon mari m'a dit d'arrêter pour laisser refroidir.

— Quelle température ?

— Plus de 95.

— Continuez.

— Ensuite, j'ai descendu la côte, j'ai coupé les gaz, mais, en bas, c'était encore chaud et avant de repartir je me suis arrêtée encore. Nous sommes restés là dix minutes environ. Puis, on est reparti. Alors, je ne sais pas ce qui est arrivé. Je suis passée en prise, mais ça n'allait pas, alors, j'ai voulu passer en seconde, mais les hommes parlaient, ai-je voulu les écouter ? est-ce que je ne suis pas allée assez vite, enfin, je ne sais pas, j'ai senti la voiture tomber. J'ai crié pour qu'ils sautent, mais c'était trop tard. L'auto roulait sens dessus dessous. Quand ça a cessé, j'ai essayé de sortir de là-dedans, je suis sortie et je suis vite montée sur la route.

Le *coroner* s'est tourné vers moi :

— Pourquoi essayez-vous de protéger cette femme ?

— Est-ce qu'elle essaie de me protéger, elle ?

Le jury sortit, revint, rendit son verdict. Nick Papadakis avait trouvé la mort dans un accident d'automobile sur la route du lac Malibu, accident causé entièrement ou en grande partie par la conduite criminelle de Cora et la mienne. En conséquence, nous devions passer en justice.

Un nouvel agent est resté avec moi cette nuit-là à l'hôpital et, le lendemain matin, il m'a dit que M. Sackett allait venir me voir et que je ferais bien de me préparer. Je pouvais à peine bouger, mais j'ai fait venir le coiffeur de l'hôpital pour qu'il me rase et me donne un air aussi présentable que possible. Je savais qui était Sackett. C'était le *District Attorney*. Il s'est amené à 10 h 30 et l'agent nous a laissés seuls, l'un en face de l'autre. Sackett est un grand bonhomme à la tête chauve et aux manières enjouées.

— Eh bien, eh bien ! comment ça va ?

— Ça va, juge. J'ai été un peu secoué, mais ça va aller.

— Comme dit le type qui tombe d'avion : La balade fut chic, mais l'atterrissage est dur !

— C'est ça.

— Voyons, vous savez que si vous ne voulez rien me dire, vous pouvez vous taire. Mais je suis venu ici, d'abord pour savoir de quoi vous aviez l'air, et puis, parce que j'ai l'habitude de penser qu'une bonne conversation franche évite bien des bavardages ennuyeux par la suite. Cela aplanit souvent des difficultés dans l'ensemble de l'affaire, cela permet une meilleure défense, et de toute façon, comme on dit, cela permet de se comprendre un peu.

— Bien sûr, juge. Que voulez-vous savoir ?

J'ai pris un air rusé et il s'est assis pour mieux me voir.

— Si nous reprenions tout du commencement, au sujet de cette balade ?

— C'est ça. Racontez-moi tout.

Il s'est levé et a commencé à marcher de long en large. La porte était près de mon lit. Je l'ai ouverte d'un seul coup. L'agent était assez loin, dans le couloir, flirtant avec une infirmière. Sackett a éclaté de rire.

— Non, non, il n'y a pas de dictaphone. On ne s'en sert qu'au cinéma d'ailleurs.

J'ai fait une grimace comme si j'étais honteux. J'avais joué la comédie et il marchait. J'avais fait semblant de me méfier, et maintenant, je jouais la confusion.

— Ça va, juge, c'était idiot, bien sûr. Entendu, je commence par le commencement, et je vous raconte tout. Je suis dans le pétrin, et je crois que mentir ne me servirait à rien.

Je lui ai raconté comment j'avais quitté le Grec, puis comment je m'étais trouvé de nouveau nez à nez avec lui dans la rue. J'ai dit qu'il avait voulu que je revienne et qu'il m'avait demandé de les accompagner à Santa-Barbara pour que nous parlions ensemble du travail. J'ai avoué qu'on avait bu, puis qu'on était parti, moi conduisant. Là il m'a arrêté.

— Ainsi, c'est vous qui conduisiez ?

— Comment pouvez-vous me demander ça, juge ?

— Que voulez-vous dire, Chambers ?

— Voilà : j'ai entendu ce qu'elle a dit à l'enquête. J'ai entendu ce qu'ont dit les agents. Je sais où l'on m'a trouvé. Je sais donc qui conduisait. C'était elle. Mais si je vous dis ce dont je me souviens, je dois dire que c'est moi qui conduisais. Je n'ai pas menti au *coroner*. Il me semble encore que c'était moi qui conduisais.

— Vous avez nié être ivre.

— C'est vrai. J'étais plein de gnole, d'éther, de drogue, de tout ce qu'ils m'ont donné et j'ai menti. Mais, maintenant, je suis mieux, je sais que la vérité est la seule chose qui puisse me tirer de là si c'est possible. Bien sûr, j'étais saoul, saoul à crever, et je ne pensais qu'à une chose : je ne dois pas avouer que j'avais bu, parce que je conduisais. S'ils découvrent que j'avais bu, je suis foutu.

— C'est ce que vous avez dit au jury ?

— Il fallait bien. Mais je n'arrive pas à comprendre comment c'était elle qui conduisait. C'est moi qui conduisait au départ, j'en suis sûr. Je me souviens qu'un type s'est fichu de moi. Alors, pourquoi conduisais-elle quand on est tombé ?...

— Vous avez conduit cinq mètres.

— Cinq milles, vous voulez dire ?

— Non, cinq mètres, et elle vous a chassé du volant.

— Mince alors, fallait que je sois dans un bel état !

— C'est une des choses que les jurys doivent croire. Ça a juste assez l'air d'une blague pour être simplement la vérité. Ils croiront ça volontiers.

Il s'était assis de nouveau, et regardait ses ongles. J'ai eu un mal fou à retenir le sourire qui me montait aux lèvres. J'ai respiré quand il m'a questionné de nouveau, cela m'a obligé à penser à autre chose qu'à la facilité que j'avais à le tromper.

— Quand avez-vous commencé à travailler pour Papadakis, Chambers ?

— L'hiver dernier.

— Pendant combien de temps êtes-vous resté avec lui ?

— Jusqu'à il y a un mois à peu près.

— Vous êtes resté six mois chez lui ?

— A peu près.

— Que faisiez-vous avant ?

— Une chose ou l'autre.

— Vous rouliez votre bosse sur les routes et dans les chemins de fer ? Vous cassiez la croûte quand c'était possible ?

— Oui, monsieur.

Il a ouvert un dossier, il en a sorti des papiers qu'il a mis sur la table, et il a commencé à les regarder.

— Vous n'avez jamais été à Frisco ?

— J'y suis né.

— Kansas City ? New York ? New Orleans ? Chicago ?

— Je connais tout ça.

— Etes-vous allé déjà en prison ?

— Oui, juge. En roulant sa bosse, on ne peut pas toujours éviter de se cogner aux flics. J'ai été en prison.

— A Tucson ?

— Oui, monsieur. Pour dix jours, je crois. J'étais passé par une voie interdite.

— Salt Lake City ? San Diego ? Wichita ?

— Je suis passé partout.

— Oakland ?

— J'ai eu trois mois à Oakland. Pour m'être battu avec un contrôleur de train.

— Vous l'avez bien amoché, je crois ?

— C'est possible, mais qu'est-ce que j'avais pris ! J'étais bien amoché moi aussi !

— Los Angeles ?

— Une fois, mais pour trois jours seulement.

— Chambers, comment se fait-il que vous soyez resté avec Papadakis pour travailler ?

— C'est un accident. J'étais fauché, et il avait besoin de quelqu'un. Je suis entré pour trouver à manger, il m'a offert du boulot, j'ai accepté.

— Chambers, cela ne vous paraît-il pas un peu bizarre ?

— Que voulez-vous dire, juge ?

— Après avoir roulé votre bosse pendant tant d'années sans rien faire, sans même essayer de faire quelque chose, si j'ai bien compris, tout d'un coup, vous vous mettez à l'ouvrage, vous acceptez un travail régulier ?

— Je dois reconnaître que ça ne m'emballait pas.

— Mais vous êtes resté !

— Nick était un des plus chics types que j'aie jamais rencontrés. Quand j'ai eu un peu de fric, j'ai essayé de lui dire que ce n'était plus possible, mais je n'ai pas eu le cœur de le lâcher quand il m'a dit tout le mal qu'il avait eu avec ses employés. Dès qu'il a eu son accident, j'ai filé. J'ai filé, c'est tout. Bien sûr, c'était pas très chic envers lui, mais les pieds me démangeaient. Quand ils me démangent, il faut que je parte ; seulement, là, je suis parti en douce.

— Et le lendemain du jour où vous êtes revenu, il meurt dans un accident !

— Juge, c'est ça ma poisse ! Je parlerai peut-être autrement au jury, mais vrai, comme je suis là, jc vous avoue que je crois bien que c'est de ma faute tout ça. Si je n'avais pas été là, si je n'avais pas proposé de boire... il serait peut-être encore là. Comprenez-moi, cela n'a peut-être rien à voir là-dedans d'ailleurs, je ne sais pas, j'étais plein et je ne sais plus ce qui est arrivé. Tout de même, si elle n'avait pas eu deux ivrognes dans sa voiture, elle aurait peut-être mieux conduit, n'est-ce pas ? Enfin, il me semble...

Je l'ai regardé pour voir comment il prenait ça. Il ne me regardait même pas. Soudain, il a bondi, il s'est penché sur mon lit, et m'a pris aux épaules :

— Assez, Chambers, dites-moi pourquoi vous êtes resté six mois avec Papadakis ?

— Je ne comprends pas.

— Mais si, vous comprenez. Je l'ai vue, Chambers, et j'ai compris pourquoi vous êtes resté. Elle était dans mon bureau, hier, elle avait un œil abîmé et elle était pas mal démolie, mais, malgré ça, elle est rudement bien. Pour une femme comme ça, il y a beaucoup de types qui quitteraient la route, même si leurs pieds les démangeaient.

— Ils démangent toujours, vous vous trompez, juge.

— Pas pour longtemps. C'est trop simple, Chambers. Voici un accident d'automobile qui, hier, était un cas d'homicide par imprudence, clair comme le jour, et aujourd'hui, plus rien. A chaque pas que je fais, un témoin apparaît pour me dire quelque chose, et quand j'assemble le tout, il ne me reste que du vent. Allons, Chambers, avouez. Vous avez tué le Grec, cette femme et vous, et plus vite vous l'avouerez, mieux ce sera pour vous.

Je n'avais plus la moindre envie de sourire, je vous prie de le croire, j'ai senti mes lèvres devenir sèches, j'ai essayé de parler, mais rien n'est sorti de ma bouche.

— Eh bien, vous ne dites rien ?

— C'est que vous m'en bouchez un coin, juge.

Vous dites là quelque chose de terrible, juge, qu'est-ce que je peux répondre ?

— Vous aviez la langue mieux pendue, tout à l'heure, quand vous me parliez de la vérité. Parlez donc, maintenant !

— C'est que vous m'embrouillez.

— Alors, prenons un point après l'autre pour ne pas vous embrouiller. Tout d'abord, vous avez couché avec cette femme, n'est-ce pas ?

— Jamais de la vie.

— Pendant la semaine où Papadakis était à l'hôpital, où avez-vous dormi, alors ?

— Dans ma chambre.

— Et elle, dans la sienne ? Voyons, je l'ai vue, vous dis-je. J'aurais couché avec elle, moi, si je n'avais eu qu'à pousser la porte, même si j'avais risqué que l'on me pende pour viol ensuite. Alors, vous l'avez fait, vous aussi.

— Je n'y ai même pas pensé.

— Et toutes ces promenades avec elle, au Marché Hasselman, à Glendale ? Qu'est-ce que vous faisiez avec elle au retour ?

— C'est Nick qui m'y envoyait lui-même.

— Je ne vous demande pas qui vous y envoyait, mais ce que vous faisiez.

J'étais si épaté que j'ai vite cherché un moyen d'en sortir. Je n'ai trouvé qu'une chose : me mettre en colère.

— Eh bien, c'est ça, et après ?... Nous ne l'avons pas fait, mais supposez qu'on ait couché ensemble ?... Eh bien, si c'était si facile, pourquoi nous serions-nous débarrassés de lui ?... Sapristi, juge, j'ai entendu dire que des types assassinaient pour avoir ce que vous croyez que j'ai eu, quand ils ne peuvent pas l'avoir, mais on ne m'a jamais raconté qu'un type ait tué pour obtenir ce qu'il avait déjà !

— Vraiment ? Eh bien, je vais vous dire pourquoi vous l'avez tué ! D'abord pour avoir la propriété de Papadakis qui vaut quatorze mille dollars, qu'il a payés rubis sur l'ongle. Ensuite, pour vous faire ce petit cadeau que vous comptiez bien encaisser sans dommage, vous et elle. Regardez-moi de quoi ça a l'air ! C'est une police d'assurance de dix mille dollars contre les accidents que Papadakis venait de prendre !

Je distinguais bien encore son visage, mais tout tournait autour de moi, et j'ai eu besoin de toute ma volonté pour ne pas me redresser sur mon lit. Puis, je me souviens qu'il m'a tendu un verre d'eau et qu'il m'a aidé à le boire.

— Buvez ça, vous vous sentirez mieux.

J'ai bu un peu. J'en avais besoin.

— Voilà, Chambers. Je crois que c'est bien le dernier crime où vous mettrez la main pour un bon moment au moins, mais croyez-moi, une autre fois, veillez à ce que les compagnies d'assurances n'aient rien à y voir ! Elles mettront s'il le faut cinq fois plus de temps que le comté de Los Angeles à régler une affaire. Elles ont des détectives infiniment plus habiles que ceux que je pourrais jamais engager. Elles connaissent le truc sur le bout du doigt, et dès maintenant elles sont sur vos talons. Cette histoire représente de l'argent pour elles, et elles savent se défendre. Vous vous êtes grossièrement fourvoyés, elle et vous.

— Juge, que la foudre me tue si j'ai jamais entendu parler de cette assurance avant maintenant.

— Vous êtes blanc comme un linge !

— Il y a de quoi !

— Alors, mettez-moi de votre côté, dès le début. Faites-moi une confession complète rapidement, je plaiderai coupable, et je ferai tout ce que je pourrai pour vous au tribunal ! Je demanderai l'indulgence pour vous deux.

— Je ne marche pas !

— Qu'est-ce que vous me racontiez donc, tout à l'heure ? « Je dirai toute la vérité, afin de sortir propre devant le jury, etc. » Vous croyez que vous pourrez vous en tirer avec des mensonges maintenant ? Vous croyez que je supporterai cela ?

— Je ne sais pas ce que vous supporterez, je m'en fous !... Occupez-vous de ce qui vous regarde, je m'occuperai moi-même de mes affaires ! Je n'ai rien fait, et c'est tout ce que j'ai à dire. Vous avez compris ?

— Tant pis pour vous ! Vous m'envoyez promener, eh bien, voilà ce que le jury entendra : Premièrement, vous avez couché avec elle, n'est-ce pas ? Ensuite, Papadakis a été victime d'un petit accident, et vous vous êtes payé du bon temps, elle et vous ? Au lit la nuit, sur la plage le jour, vous tenant la main, vous regardant dans les yeux. Tout d'un coup, vous avez, tous les deux, eu une idée lumineuse. Maintenant qu'il venait d'avoir cet accident, il fallait lui faire prendre une assurance et le supprimer ensuite. Et vous avez filé pour qu'elle puisse arriver au but. Elle a très finement agi, et il a contracté l'assurance. Il a signé une bonne police sur la vie, contre les accidents, contre les maladies et tout ce qui s'ensuit, et il a payé 46 dollars 72. Tout était prêt. Deux jours plus tard, Frank Chambers rencontrait, tout à fait par hasard, Nick Papadakis dans la rue, et

Nick essayait de le persuader de venir travailler de nouveau avec lui. Que pensez-vous de ça ? Juste à ce moment, Nick et sa femme avaient combiné un petit voyage à Santa-Barbara. Les chambres étaient retenues, tout était organisé, il fallait que Frank vienne avec eux, tout comme autrefois. Et vous êtes partis. Vous avez fait boire le Grec, vous avez bu un peu vous-même. Vous avez caché deux bouteilles dans la voiture, afin que les agents mordent tout à fait. Puis, il a absolument fallu prendre la route du lac Malibu, parce qu'elle voulait voir la plage de Malibu. Quelle chic idée, ça !... A onze heures du soir, elle tenait à voir une rangée de maisons léchées par les vagues ! Mais vous n'êtes pas allés jusque-là. Vous vous êtes arrêtés et, pendant cet arrêt, vous avez assommé le Grec avec une des bouteilles de vin. C'est une chose très facile qu'assommer un type avec une bouteille, surtout pour Frank Chambers qui a déjà assommé un type de cette façon à Oakland ! Vous l'avez donc assommé, puis, elle a remis la voiture en marche, et, tandis qu'elle sautait sur le marchepied, vous vous êtes penché sur le siège de devant, vous avez pris le volant et accéléré avec la manette à main. Il n'y avait pas besoin de beaucoup d'essence, car vous étiez déjà en seconde. Quand elle a été à l'extérieur, elle a pris le volant à son tour et gardé le contact avec la manette à main, ce qui vous aurait permis de sortir de la voiture. Mais vous étiez ivre, n'est-ce pas ? Vous avez été un peu lent, et elle a, un peu trop vite, lancé la voiture par-dessus le talus, si bien qu'elle a pu sauter, mais vous, vous êtes resté dedans. Vous croyez qu'un jury ne croira pas tout ça ? Il croira tout parce que je prouverai chacun de mes mots, depuis la promenade à la plage jusqu'à l'utilisation de la manette à main. Et quand je dirai cela, il n'y aura plus d'indulgence possible pour vous, mon garçon. Ce sera la corde, vous serez pendu au bout d'une corde ; quand on la coupera, on n'aura plus qu'à vous enterrer avec tous ceux qui ont été assez stupides pour ne pas saisir la chance de sauver leur tête !

— Mais rien ne s'est passé comme ça, autant que je m'en souvienne !

— Qu'est-ce que vous voulez dire ? Que c'est elle qui a tué ?...

— J'essaye de vous faire comprendre que personne n'a tué. Foutez-moi la paix après tout. Rien ne s'est passé comme ça !

— Comment le savez-vous ? Vous étiez saoul.

— Ce que je sais ne s'est pas passé comme ça.

— Alors, vous avouez qu'elle a tout fait ?

— Ne me faites pas dire ce que je ne dis pas. Je ne veux dire que ce que je dis, voilà tout !

— Ecoutez-moi, Chambers, vous étiez trois dans cette auto, vous, elle et le Grec. Il est clair que ce n'est pas le Grec qui a fait l'accident, alors si ce n'est pas vous non plus, il ne reste plus qu'elle !

— Mais, qui diable dit que quelqu'un l'a fait ?

— Moi. Voyons, nous allons y arriver, Chambers, parce que, enfin, vous n'avez peut-être rien fait. Vous dites que vous parlez franchement, c'est peut-être vrai, tout de même. Mais si vous dites la vérité, et si vous ne considérez vraiment cette femme que comme la femme d'un ami, il faut en sortir, n'est-ce pas ? Vous devez porter plainte contre elle.

— Moi, porter plainte !

— Si elle a tué le Grec, elle a essayé de vous tuer aussi, alors ? Vous ne pouvez accepter cela ! Cela pourrait sembler drôle si vous ne vous plaigniez pas.

Vous auriez l'air d'un idiot... Elle tue son mari et elle tente de vous tuer pour toucher une prime d'assurance. Il faut vous plaindre.

— Bien sûr... si c'est elle qui a causé l'accident, mais est-ce que je sais si c'est elle ?

— Si je vous le prouve, signerez-vous la plainte ?

— Prouvez-le !

— Alors ! je vais vous le prouver. Quand vous vous êtes arrêté, vous êtes descendu de voiture, n'est-ce pas ?

— Non.

— Comment ? Je croyais que vous étiez si saoul que vous ne vous souveniez de rien ? Voici deux fois que votre mémoire est excellente. Cela m'étonne !

— Je ne m'en souviens pas.

— Alors, je vous le dis, vous êtes descendu. Ecoutez le rapport d'un témoin : « Je n'ai pas bien vu la voiture, mais je sais qu'une femme était au volant, un homme, assis à l'intérieur, riait quand nous sommes passés, et un autre homme était malade derrière la voiture. » — C'est vous qui étiez malade derrière. C'est alors qu'elle a assommé Papadakis avec la bouteille. Quand vous êtes revenu, vous n'avez rien vu parce que vous étiez parfaitement abruti. Papadakis était mort déjà, et il n'y avait rien à remarquer. Vous vous êtes assis et vous avez perdu connaissance. Alors elle a mis en seconde, elle a gardé sa main sur la manette de façon à pouvoir accélérer et aussitôt qu'elle a eu sauté sur le marchepied, elle a fait basculer l'auto dans le ravin.

— Cela ne prouve rien !

— Comment donc ! Wright a dit que l'auto roulait sens dessus dessous au fond de la gorge quand il est arrivé au tournant, mais que la femme était sur la route et réclamait du secours.

— Elle avait pu sauter, sans doute.

— Si elle a sauté, elle a eu la présence d'esprit de prendre son sac avec elle. Chambers, ne trouvez-vous pas drôle qu'une femme conduise avec son sac à la main ? A-t-elle eu le temps de le prendre avant de sauter ? C'est impossible. Il est impossible de sauter hors d'une conduite intérieure qui tourne sur elle-même au fond d'un ravin ! Elle n'était plus dans l'auto quand la voiture s'est retournée. La preuve est faite maintenant ?

— Je ne sais pas !

— Comment, vous ne savez pas ? Signez-vous, oui ou non, une plainte ?

— Non !

— Voyons, Chambers, ce n'est pas par accident que l'auto s'est retournée une seconde trop tôt. C'était vous ou elle, et elle ne voulait pas que ce soit vous qui restiez.

— Assez ! assez ! Je ne sais plus de quoi vous parlez !

— Mon garçon, c'est vous ou elle ! Si vous n'êtes pour rien là-dedans, vous feriez mieux de signer. Car, si vous ne signez pas, je comprendrai et le jury aussi, et le type qui passe la corde au cou aussi !

Il m'a regardé un instant, puis il est sorti et il est revenu avec un autre type. Ce dernier s'est assis et il a écrit une formule avec son stylo. Sackett m'a apporté le papier.

— Signez, là, Chambers.

J'ai signé. Il y avait tant de sueur dans ma main que le type a dû l'éponger avec un buvard.

X

Quand il a été parti, l'agent est entré et m'a marmonné une proposition de jouer aux cartes avec lui. Nous avons fait quelques parties, mais je ne pouvais pas fixer mon esprit. Je lui ai dit que cela m'énervait de jouer d'une seule main et nous nous sommes arrêtés.

— Il vous a eu, pas vrai ?

— Un peu.

— Il est rosse. Il les a tous. Il a l'air d'un prédicateur plein d'amour pour l'humanité, mais il a un cœur de pierre.

— C'est bien le mot.

— Il n'y a qu'un type qui lui tienne tête.

— Vraiment ?

— Un type qui s'appelle Katz. Vous le connaissez ?

— J'ai entendu parler de lui.

— C'est un de mes amis.

— C'est toujours bon d'avoir des amis comme ça.

— Dites donc, vous n'avez pas encore d'avocat. Vous n'êtes pas encore inculpé et vous ne pouvez réclamer personne. Ils peuvent vous garder au secret, comme ils disent, pendant quarante-huit heures encore. Mais, si Katz venait par hasard, je pourrais le faire entrer, vous pigez?... Il pourrait peut-être s'amener si... je lui disais un mot.

— Vous avez une ristourne?

— Je vous dis que c'est un de mes amis. S'il ne me donnait rien, ce ne serait pas un ami, n'est-ce pas? C'est un grand bonhomme. C'est le seul qui puisse damer le pion à Sackett!

— Vas-y, mon vieux, le plus tôt sera le mieux.

— A tout à l'heure.

Il est sorti un moment, et quand il est revenu, il m'a cligné de l'œil. Vite après, on a frappé à la porte et Katz est entré. C'était un petit homme de quarante ans à peu près, il avait un visage couleur de cuir usé, une moustache noire. Dès qu'il est entré, il a sorti un paquet de tabac et du papier, et s'est mis à rouler une cigarette. Quand il l'a allumée, elle a brûlé tout d'un côté, et il ne s'en est plus occupé. Elle est restée collée sur un côté de sa bouche et je n'ai jamais su si elle était allumée ou non, et si lui était éveillé ou endormi. Il était assis là, les yeux mi-clos, une jambe passée sur un bras du fauteuil, le chapeau repoussé en arrière sur sa tête. On pourrait croire que pour un type enferré comme moi, ce n'était pas un spectacle encourageant, eh bien! c'était tout le contraire. Il dormait peut-être, mais, même endormi, il avait l'air d'en savoir plus long que bien des types éveillés, et un soupir s'est échappé de ma gorge. J'avais l'impression que, maintenant, tout allait marcher comme sur des roulettes.

L'agent a regardé Katz rouler sa cigarette comme s'il avait en face de lui un acrobate merveilleux réussissant un triple saut périlleux, et il n'avait pas du tout envie de sortir, mais il a dû s'en aller cependant. Quand il nous a eu quittés, Katz s'est tourné vers moi comme s'il attendait quelque chose. Je lui ai raconté notre accident et la façon dont Sackett avait tenté de me prouver que j'avais tué le Grec pour toucher l'assurance, et comment il était parvenu à me faire signer la plainte contre Cora pour tentative de meurtre contre moi. Il m'a écouté, et quand j'ai eu fini, il est resté un moment sans parler. Puis il s'est levé.

— Il vous a eu jusqu'à la gauche !

— Je n'aurais pas dû signer. Je ne crois pas qu'elle ait pu faire un truc pareil. Mais il m'a eu. Et maintenant je ne sais plus ce que je dois foutre.

— En tout cas, vous n'auriez pas dû signer.

— Monsieur Katz, je vous demanderai une seule chose : ne pourriez-vous la voir et lui dire que...

— Je la verrai. Et je lui dirai ce qu'il faut qu'elle sache. Pour le reste, je prends l'affaire en main, et cela veut dire que je m'en occuperai sérieusement. Vous me comprenez ?

— J'ai compris.

— Je serai avec vous au tribunal. C'est-à-dire qu'un homme à moi sera avec vous. Puisque Sackett a fait de vous un plaignant, je ne peux pas parler pour vous deux, mais l'affaire est dans mes mains. Une fois de plus, croyez-moi, cela signifie quelque chose.

— Faites pour le mieux, monsieur Katz.

— A bientôt.

Ce soir-là, on m'a remis sur un brancard et on m'a conduit au tribunal. C'était un tribunal de simple police... Il n'y avait pas de banc pour le jury, ni de banc pour les témoins, rien de tout ça. Le magistrat était sur une estrade, avec, derrière lui, quelques agents. Devant lui, il y avait un grand bureau qui traversait presque toute la pièce. Ceux qui avaient à parler levaient le nez au-dessus du bureau et disaient ce qu'ils avaient à dire. Il y avait des tas de gens. Des photographes ont fait claquer le magnésium quand on m'a amené, et, d'après le bourdonnement qu'on entendait, on sentait que c'était une chose importante qui allait se discuter. Je ne pouvais pas voir grand-chose depuis ma civière, mais j'ai quand même aperçu Cora, assise sur un banc, avec Katz. Sackett était là aussi, un peu plus loin ; il parlait à des types à portefeuilles. Il y avait encore des agents et des témoins que j'avais déjà vus à l'enquête. On m'a installé sur deux tables rapprochées, en face du bureau, et ils m'avaient à peine remis mes couvertures dessus, qu'ils ont commencé à blaguer ensemble à propos d'une affaire de Chinoise, et un agent a dû leur dire de se taire. Pendant ce temps, un jeune homme s'est penché sur moi, il m'a dit qu'il s'appelait White et que Katz lui avait dit de se présenter à moi. J'ai incliné la tête, mais il a continué à murmurer que Katz me l'envoyait, si bien que l'agent s'est fâché et a, sérieusement, réclamé le silence.

— Cora Papadakis ?

Elle s'est levée et Katz l'a conduite vers le bureau. Elle m'a presque touché en passant et cela m'a semblé drôle de sentir son odeur, ce parfum même qui me rendait toujours fou avant toute cette histoire. Elle avait l'air un peu mieux que la veille. On lui avait donné une autre blouse qui lui allait bien, son costume avait été nettoyé et repassé, ses souliers étaient cirés, et son œil, bien que noir encore, n'était plus gonflé. D'autres personnes se sont levées aussi, et se sont rangées sur une ligne à côté d'elle. Alors, un agent leur a dit de lever la main droite et il a raconté quelque chose à propos de la vérité, toute la vérité et rien que la vérité. Il s'est arrêté tout d'un coup pour voir si, moi aussi, j'avais ma main droite levée. Je ne l'avais pas levée. Je l'ai levée alors et il a recommencé son marmonnement depuis le commencement. Nous avons tous marmonné après lui.

Le magistrat a retiré ses lunettes et a raconté à Cora qu'elle était accusée d'avoir tué Nick Papadakis et d'avoir tenté de tuer Frank Chambers, qu'elle pouvait faire une déposition, mais que toute déposition faite par elle pouvait être retournée contre elle, qu'elle avait le droit de se faire représenter par un avocat, qu'elle avait huit jours pour plaider, et que pendant ce laps de temps, la Cour serait prête à l'écouter. Cela a été un long laïus et on entendait les gens tousser pendant qu'il le débitait.

Après Sackett a parlé et a dit ce qu'il allait prouver. C'était à peu près la même chose que ce qu'il m'avait dit. Seulement, il rendait ça foutrement solennel. Quand il a eu fini de parler, il a sorti des témoins. D'abord, le docteur de l'ambulance qui a expliqué quand et comment le Grec était mort. Puis ça a été le docteur de la prison, celui qui avait fait l'autopsie. Après, il y a eu le secrétaire du *coroner*, qui a expliqué le rapport de l'enquête et l'a remis au magistrat, enfin, deux autres types, mais j'ai oublié ce qu'ils ont dit, ceux-là. Bref, quand ils ont eu tous parlé, tout ce qu'ils étaient arrivés à prouver, c'est que le Grec était mort : comme ça, je le savais, je n'y ai pas beaucoup fait attention. Katz n'a rien demandé à personne. Chaque fois que le magistrat s'est tourné vers lui, il a fait un petit signe de la main et le type n'a eu qu'à se retirer.

Quand ils ont été tout à fait sûrs que le Grec était bien mort, Sackett est vraiment entré en action et il a touché aux choses intéressantes. Il a fait venir un type qui représentait une compagnie d'assurances, la « Pacific States Accident Assurance Corporation of America ». Ce type a dit comment le Grec avait signé sa police cinq jours auparavant. La police stipulait que le Grec devait toucher vingt-cinq dollars par semaine, pendant cinquante-deux semaines, s'il tombait malade ; la même somme si, par accident, il était blessé et mis dans l'impossibilité de travailler ; cinq mille dollars s'il perdait un membre, dix mille dollars pour deux membres. Sa veuve devait recevoir dix mille dollars s'il était tué par accident, vingt mille dollars si c'était dans un accident de chemin de fer. Quand il en est arrivé là, il avait tellement pris son ton habituel de démarcheur que le magistrat a levé la main pour le prévenir.

— J'ai toutes les assurances dont j'ai besoin.

Tout le monde rit de la plaisanterie du magistrat. Moi-même, j'ai ri. Vous auriez été surpris du ton que ça avait.

Sackett a posé encore quelques questions et le magistrat s'est tourné vers Katz. Ce dernier a réfléchi une minute, et quand il a parlé, ç'a été très lentement, comme s'il voulait que chaque mot porte.

— Avez-vous vraiment un intérêt quelconque à ce procès ?

— En un sens, oui, monsieur Katz.

— Vous cherchez à éviter de payer la prime, sous prétexte qu'il y a eu crime. C'est bien cela ?

— Exactement.

— Vous croyez vraiment qu'un crime a été commis, que cette femme a tué son mari pour toucher cette prime, qu'elle a même essayé de tuer cet autre homme ou de le placer dans une telle situation qu'il aurait pu mourir, toujours pour obtenir cette indemnité ?

Le type a presque souri, puis il a réfléchi une minute et il a parlé comme s'il voulait que chaque mot de sa réponse porte, lui aussi.

— Pour répondre à cette question, je vous dirai, monsieur Katz, que j'ai, tous les jours, des milliers d'affaires de ce genre, les dossiers de fraude arrivent chaque jour sur mon bureau et j'ai une grande expérience de ce genre de recherches. Je peux vous dire que depuis des années que je travaille pour cette compagnie, comme pour beaucoup d'autres, je n'ai jamais vu une affaire aussi claire. Je ne crois pas qu'il y a eu crime, monsieur Katz, j'en suis sûr.

— C'est bien. Je plaiderai donc coupable des deux accusations.

Si Katz avait lancé une bombe dans le tribunal celui-ci ne se serait pas vidé plus rapidement. D'un bond, les reporters se ruèrent dehors, les photographes se précipitèrent pour prendre des tas de clichés. Ils se cognaient les uns contre les autres, et le magistrat s'est fâché, et a brutalement réclamé le silence. Sackett semblait anéanti, fusillé, et, dans toute la pièce, il y avait une rumeur semblable à celle que l'on entend quand on vous colle soudain un coquillage devant l'oreille. J'ai bien essayé de voir la figure de Cora, mais je ne pouvais apercevoir qu'un coin de sa bouche. Sa lèvre tremblait nerveusement, comme si, de seconde en seconde, quelqu'un la piquait avec une aiguille.

Je n'ai plus rien vu ensuite, précédés par White, ils m'ont emporté sur mon brancard hors de la pièce. Ils ont traversé deux halls au galop, puis ils sont entrés dans un bureau où il y avait deux ou trois agents. White a prononcé le nom de Katz et les agents sont sortis. Ils m'ont déposé sur le bureau et les types qui me portaient sont partis aussi. White a marché de long en large, puis la porte s'est ouverte et une surveillante est entrée avec Cora. Enfin, White et la surveillante sont sortis, ils ont fermé la porte et nous sommes restés seuls. J'ai cherché quelque chose à dire, et je n'ai rien trouvé. Cora marchait dans la pièce et elle ne me regardait même pas. Sa bouche se crispait toujours. J'ai encore avalé ma salive et j'ai pu dire enfin :

— On s'est foutu de nous, Cora.

Elle n'a rien dit, elle a continué à marcher.

— Ce Katz n'est qu'un mouchard. C'est un flic qui me l'a envoyé. Je croyais que c'était un type à la coule. Il s'est foutu de nous.

— Il ne s'est pas foutu de nous.

— On s'est foutu de nous. J'aurais dû m'en douter quand le flic m'a parlé de me l'amener. Mais je n'y ai pas pensé. Je croyais que c'était un frère.

— On s'est fichu de moi, mais pas de toi.

— Et comment, il m'a eu aussi !

— Je comprends tout maintenant. J'ai compris pourquoi c'est moi qui devais conduire... Je vois pourquoi c'était moi qui devais tout faire, pas toi. Oh ! oui, je suis devenue amoureuse de toi parce que tu es malin. Et je le vois bien que tu es malin maintenant. Comme c'est drôle !... Vous tombez dans les bras d'un type parce qu'il est malin et vous ne découvrez qu'après combien c'est vrai.

— Qu'est-ce que tu veux dire par là, Cora ?

— On s'est foutu de moi, et comment ! Toi et ton avocat... tu as bien préparé ça ! C'est si bien fait qu'il paraît que j'ai même essayé de te tuer ! Ainsi, évidemment, tu n'as rien à voir là-dedans. Et on va plaider coupable en justice. Alors on ne parlera même pas de toi. C'est très bien. Quelle idiote je suis ! Mais je ne le suis pas tant que ça. Ecoute, Frank Chambers, quand je sortirai d'ici je te ferai voir combien tu es malin ! Mais tu verras que tu as dépassé la mesure et tu le sentiras passer !

J'ai tenté de m'expliquer, mais il n'y a rien eu à faire. Elle s'est mise en colère au point que ses lèvres étaient pâles sous le rouge ; alors Katz est entré. J'ai voulu lui sauter dessus, mais ils m'avaient attaché sur le brancard, je n'ai pas pu bouger.

— Sortez d'ici, salaud ! Ah, vous prenez l'affaire en main. Je le vois bien. C'est du propre ! Je sais ce que vous êtes maintenant, vous entendez, foutez-moi le camp !

— Qu'est-ce qui vous prend, Chambers ?...

Il parlait comme un maître d'école au mauvais élève qui crie parce qu'on lui a retiré son *chewing-gum.*

— Qu'est-ce qui vous prend ? Je fais ce qu'il faut faire. Je vous l'avais dit.

— Entendu, mais prenez garde de ne pas me tomber sous la main ensuite !

Il l'a regardée comme s'il ne comprenait pas bien et elle a marché vers lui.

— Vous êtes d'accord avec ce type-là contre moi. C'est moi qu'on accuse pour qu'il soit libre. Eh bien, croyez-moi, il est aussi coupable que moi, et il n'est pas près de s'en tirer. C'est moi qui vous le dis. Je dirai tout. Je leur dirai tout et je vais leur dire tout de suite.

Il l'a encore regardée, il a hoché la tête et son regard était vraiment le plus curieux regard que j'aie jamais vu.

— Voyons, mon petit, ne faites pas ça. Laissez-moi m'occuper...

— Vous vous en occupiez, c'est mon tour maintenant.

Il s'est levé, il a haussé les épaules et il est sorti. Il était à peine sorti qu'un garçon, aux pieds énormes, au cou rouge, armé d'une machine à écrire, entrait. Il a installé sa machine sur une chaise, il l'a calée avec deux livres, puis il a regardé Cora.

— M. Katz m'a dit que vous vouliez faire une déposition.

Il avait une drôle de petite voix et il grimaçait en parlant.

— C'est exact.

Elle s'est mise à parler nerveusement par deux ou trois mots à la fois, et aussi vite qu'elle parlait, il la suivait sur son clavier. Elle lui a tout raconté. Depuis le tout commencement, elle a dit comment elle m'avait rencontré, comment nous avions été bien ensemble, comment on avait tenté de se débarrasser du Grec une première fois. Deux fois un agent a ouvert la porte et a passé la tête ; chaque fois, le type à la machine a levé la main.

— Encore quelques minutes, chef.

— O.K.

Quand elle a eu fini, elle a dit qu'elle ne savait rien de l'assurance et que nous n'avions fait cela que pour nous débarrasser du Grec.

— C'est tout.

Il a ramassé tous les papiers et elle a signé.

— Mettez juste les initiales sur les autres.

Elle a mis ses initiales. Il a sorti un tampon de notaire, le lui a mis dans la main. Elle a tamponné puis elle a signé encore. Il a mis les papiers dans sa poche, il a fermé sa machine et il est sorti.

Cora est allée à la porte et elle a appelé la surveillante.

— Je suis prête.

La surveillante est entrée et l'a emmenée.

Les types du brancard sont venus et m'ont emporté au galop. Mais, sur le chemin, ils se sont trouvés pris dans la foule qui examinait Cora tandis qu'elle attendait l'ascenseur qui devait la conduire en prison. La prison est sur le toit du Palais de Justice. Ils se sont quand même frayé un chemin au milieu des gens et ma couverture est tombée, elle a traîné sur le sol. Cora s'est baissée, elle a ramassé ma couverture, elle me l'a remise gentiment dessus, puis elle s'est détournée très vite.

XI

Ils m'ont ramené à l'hôpital, mais au lieu d'un agent, c'est le type qui avait enregistré la confession de Cora qui est resté avec moi. Il s'est étendu sur l'autre lit. J'ai essayé de dormir, et au bout d'un moment j'y suis arrivé. J'ai rêvé que Cora me regardait, et que je voulais lui répondre sans y parvenir. Puis elle a disparu et je me suis réveillé avec un terrible bruit dans l'oreille : c'était le craquement qu'avait fait la tête du Grec quand j'avais cogné dessus. Je me suis endormi de nouveau et j'ai rêvé que je tombais. Et je me suis encore réveillé, tenant moi-même mon cou et ayant toujours ce bruit horrible dans l'oreille. Une fois, en me réveillant, j'ai crié. Le type s'est redressé sur son coude.

— Oui ?

— Quoi ?

— Qu'est-ce qu'il y a ?

— Rien. J'ai rêvé.

— O.K.

Il ne m'a pas quitté une minute. Dans la matinée, il s'est fait apporter une bassine d'eau, il a sorti un rasoir de sa poche et il s'est rasé. Puis il s'est lavé. On nous a servi notre déjeuner, il a mangé le sien sur la table. Nous n'avons pas dit un mot.

On m'a donné un journal, on y racontait tout. Il y avait une grande photo de Cora sur la première page et une plus petite de moi dans la colonne du dessous. On appelait Cora « la tueuse à la bouteille ». On racontait qu'elle avait plaidé coupable devant le tribunal et que le verdict serait rendu aujourd'hui. Dans une des pages suivantes, on racontait que cette affaire serait réglée si rapidement qu'elle battrait le record de la vitesse, et dans un autre article un prédicateur expliquait que si tous les crimes étaient réglés avec une telle diligence, cela éviterait plus de meurtres que cent nouvelles lois. J'ai soigneusement lu tout le journal pour voir ce qu'on disait de la confession. On n'en parlait nulle part.

Vers midi, un jeune médecin est entré, il m'a frictionné le dos avec de l'alcool et il a enlevé un peu du tissu adhérent. Il aurait dû l'ôter délicatement, mais il me l'a plutôt arraché et cela m'a fait un mal du diable. Quand il en a eu retiré un bon morceau, j'ai senti que je pouvais bouger. Il est sorti et une infirmière m'a donné mes vêtements. Je me suis habillé. Les types qui portaient le brancard m'ont aidé à aller jusqu'à l'ascenseur, puis à sortir de l'hôpital. Il y avait là une auto avec un chauffeur. Le type qui avait passé la nuit dans ma chambre m'a fait monter dedans et nous sommes allés à deux ou trois carrefours de l'hôpital. Alors, il m'a fait descendre, il m'a poussé dans un grand bâtiment, puis dans un bureau. J'ai trouvé là Katz, les mains en avant, la figure grimaçante de plaisir.

— Eh bien, c'est fini !

— Chic ! Quand est-ce qu'on la pend ?

— Mais on ne la pendra pas. Elle est libre, libre comme l'air ! Elle sera là dans un moment, dès que les formalités de justice seront réglées. Entrez donc, je vais tout vous raconter.

Il m'a fait passer dans son bureau personnel et il a fermé la porte. Vite, il a roulé une cigarette, il l'a à moitié allumée, il l'a collée sur un coin de ses lèvres et il s'est mis à parler. Je le connaissais à peine et je n'aurais jamais cru qu'un homme qui avait l'air si endormi la veille puisse être aussi excité qu'il était.

— Chambers, c'est la plus belle affaire de ma vie. En vingt-quatre heures, j'ai été en plein pétrin et j'en suis sorti, et malgré cette rapidité, je n'ai jamais rien vu de pareil. Mais le dernier match de Dempsey n'a duré que deux rounds, n'est-ce pas ? Ce n'est pas le temps qui compte, c'est ce qu'on fait pendant ce temps. Et pourtant, il n'y a pas eu de lutte réelle. C'était une partie de cartes où chaque joueur avait un jeu excellent. Gagnez dans ces conditions si vous le pouvez ! Vous croyez qu'un joueur doit gagner avec un mauvais jeu ! Un vrai joueur s'en fout ! J'ai tous les jours des jeux passables, mais donnez-moi quelque chose comme ça, une partie où tout le monde a des cartes, *des cartes avec lesquelles on doit gagner, si on les abat au bon moment,* et regardez-moi alors ! Oh ! Chambers, vous m'avez vraiment favorisé en m'appelant. Jamais je ne trouverai une affaire comme celle-là.

— Vous ne m'avez encore rien dit.

— C'est vrai, vous ne saisissez pas. Patience, je vous expliquerai tout. Vous ne verrez pas comment les cartes ont été abattues si je ne vous les montre pas, ces cartes. D'abord, il y avait vous et cette femme. Chacun de vous avait un bon jeu. Car le meurtre était impeccable, Chambers. Vous ne vous rendez peut-être même pas tout à fait compte combien il était parfait. Tout ce que Sackett vous a raconté pour vous effrayer au sujet de cette auto qui se retournait sens dessus dessous, alors que la femme était sur la route avec son sac à la main, tout cela n'existait pas. Une voiture peut très bien se balancer avant de se renverser. Une femme peut avoir le réflexe d'attraper son sac avant de sauter, pourquoi pas ? Cela ne prouve rien. Cela prouve seulement que c'est une femme.

— Mais, comment avez-vous su tout cela ?

— Par Sackett, j'avais dîné avec lui la veille et il chantait déjà victoire devant moi. Il avait l'air d'avoir pitié de moi, le crétin ! Nous sommes ennemis, lui et moi. Nous sommes les ennemis les plus amicaux de la terre. Il vendrait son âme au diable pour me battre une bonne fois. Je ferais la même chose d'ailleurs. Et même nous avions parié sur votre affaire. Nous avions parié cent dollars. Il me rivait donc mon clou avec son affaire merveilleuse où il n'avait qu'à « abattre ses cartes pour que le bourreau pende quelqu'un ».

C'était déjà chic de penser que deux types avaient parié cent dollars sur ce que le bourreau allait faire de Cora ou de moi, mais j'ai quand même tout voulu savoir.

— Si nous avions un beau jeu, où Sackett a-t-il trouvé le sien ?

— J'y arrive. Vous aviez un jeu magnifique, mais Sackett savait qu'aucun homme, qu'aucune femme ne peut abattre de pareilles cartes si le ministère public joue bien, lui aussi. Il savait que ce qu'il avait de mieux à faire était de vous dresser l'un contre l'autre. Ainsi, tout serait réglé. C'était la première chose à faire. Et il n'a même pas eu à le faire. Il a trouvé la compagnie d'assurances qui a agi pour lui, il n'a donc même pas eu à lever le petit doigt. C'est ce qui faisait son bonheur. Il n'avait qu'à jouer et l'enjeu lui revenait de droit. Alors, qu'a-t-il fait ? Il a ramassé cette histoire que la compagnie d'assurances avait dénichée pour lui et il s'en est servi pour vous faire une peur du diable, si bien que vous avez signé une plainte contre votre complice. Il vous a pris votre meilleure carte qui était la façon dont vous étiez blessé et il vous a fait rater votre jeu vous-même. Si vous étiez tellement blessé, c'était forcément qu'il y avait eu accident, et cependant Sackett s'en est servi pour vous faire signer une plainte. Et vous avez signé, de peur qu'en ne signant pas, il comprenne trop bien que vous étiez coupable !

— J'ai mouchardé, quoi !

— C'est ce qu'on a dit, et Sackett le sait mieux que personne. Bon. Il vous a mené là où il voulait. Il allait vous faire témoigner contre elle, et il savait que, cela fait, aucune force au monde ne pouvait empêcher qu'elle ne se retourne contre vous. C'est là qu'il en était quand il a dîné avec moi. Il se moquait de moi. Il avait un peu de pitié pour moi. Il a parié cent dollars. Et pendant ce temps, moi, je restais là tranquillement, alors que j'avais dans ma main juste la carte qu'il fallait pour le battre, si je jouais convenablement. Quoi, Chambers, vous regardez ma main, qu'y voyez-vous ?

— Pas grand-chose.

— Mais quoi ?

— Rien, à vrai dire !

— Sackett non plus n'a rien vu. Ecoutez-moi, quand je vous ai quitté hier, j'ai été la voir, elle, et j'ai obtenu l'autorisation de faire ouvrir le coffre-fort de Papadakis. J'ai trouvé là ce que j'espérais. Il y avait d'autres polices d'assurances dans le coffre. J'ai été voir l'agent qui les avait écrites, et voilà ce que j'ai découvert :

Cette police d'assurance n'avait rien à voir avec l'accident que Papadakis avait eu quelque temps auparavant. Le courtier avait repéré un jour, sur son calendrier, que l'assurance sur l'automobile de Papadakis touchait à sa fin, et il était venu le voir. Elle n'était pas là. Ils ont réglé rapidement les assurances de l'auto, celles contre le feu, le vol, les dégâts causés par d'autres, les accidents aux personnes transportées, la routine habituelle enfin. C'est alors que le courtier a fait remarquer à Papadakis qu'il se couvrait contre tout, sauf contre ce qui pouvait lui arriver à lui, et il lui a conseillé de prendre une assurance sur la vie. Papadakis a tout de suite été intéressé. Il est possible que l'accident qu'il avait eu lui ait donné à réfléchir, mais l'agent, lui, n'en savait rien. Papadakis a signé les papiers, ainsi que son chèque, et le lendemain, on lui a adressé les polices. Vous savez qu'un courtier d'assurances travaille pour plusieurs compagnies à la fois, et toutes les polices qu'il faisait signer à Papadakis ne venaient pas de la même compagnie. Ça, c'est le premier point que Sackett a oublié. Mais ce qui est plus important, c'est que Papadakis n'avait pas seulement dans son coffre ses nouvelles polices d'assurances. Il avait encore les vieilles polices, et elles étaient encore valables pour une semaine.

Alors, mettons ceci au clair : il y a une police d'assurance de deux mille dollars contre les accidents de la « Pacific States Accidents ». Une nouvelle police de la « Guaranty of California », de dix mille dollars pour accidents aux tiers. Une vieille police de la « Rocky Mountain Fidelity », de dix mille dollars pour accidents aux tiers aussi. Voici ma première carte. Sackett avait une compagnie d'assurances qui voulait sauver ses dix mille dollars, moi, j'avais deux compagnies d'assurances qui, dès que je le voudrais, essayeraient de sauver leurs vingt mille dollars. Vous y êtes ?

— Non.

— Voyons, Sackett vous avait volé votre meilleure carte. Eh bien ! je lui ai volé sa meilleure carte à lui. Vous étiez blessé, n'est-ce pas ? Grièvement blessé. Si Sackett avait convaincu la femme de meurtre, vous poursuiviez pour tentative de meurtre, et le jury vous accordait ce que vous vouliez comme dommages et intérêts. Et ces deux compagnies : la « Guaranty of California » et la « Rocky Mountain Fidelity » devaient régler la somme que le jugement vous accordait.

— J'y suis, maintenant.

— Pas mal, Chambers, pas mal. J'ai donc mis cette carte dans ma patte, mais vous ne l'avez pas vue, pas plus que Sackett, ni la « Pacific States Accidents », car elle était trop occupée à jouer le jeu de Sackett, elle croyait trop qu'il gagnerait, et personne n'y a pensé.

Il s'est promené pendant quelques minutes en s'admirant dans un petit miroir chaque fois qu'il passait devant, puis il a repris.

— Voici donc une chose réglée. J'ai ma carte,

mais je dois l'abattre à bon escient. Il fallait jouer vite, car Sackett avait déjà joué la sienne et j'attendais, minute par minute, cette confession. Elle aurait pu parler au tribunal, dès qu'elle a su que vous témoigniez contre elle. Il fallait faire vite. Qu'ai-je fait ? J'ai attendu que le courtier de la « Pacific States Accidents » témoigne et j'ai fait enregistrer sur un disque son affirmation qu'un crime avait été commis. Cela, au cas où j'aurais eu à simuler une arrestation contre lui plus tard. Puis, vlan ! j'ai dit que je plaidais coupable. Cela a terminé la discussion et cela m'a débarrassé de Sackett pour une nuit. Alors, je me suis précipité à la salle du Conseil, j'ai réclamé à grands cris une demi-heure de liberté pour la femme, avant qu'on ne l'enferme pour la nuit, et je vous l'ai envoyée. Elle n'a eu besoin que de cinq minutes avec vous. Quand je suis arrivé, elle était prête à tout raconter. Alors, j'ai appelé Kennedy...

— Le flic qui est resté avec moi cette nuit-là ?

— Il a été flic autrefois, mais il ne l'est plus. C'est mon bras droit maintenant. Elle a cru parler à un flic, et elle ne parlait qu'à un mannequin de flic. Mais il a bien fait l'ouvrage. Quand elle a eu soulagé son cœur, elle n'a plus rien dit jusqu'aujourd'hui. C'est ce que je voulais. Ensuite, je devais veiller sur vous. Vous auriez pu filer. Il n'y avait aucune charge contre vous, vous étiez libre, mais vous ne le saviez pas. Si vous l'aviez découvert soudain, aucune paperasse, aucune blessure, aucun infirmier n'aurait pu vous retenir. Alors, dès qu'il a eu fini avec elle, j'ai envoyé Kennedy vous surveiller. Puis une petite conférence nocturne a eu lieu entre la « Pacific States Accidents », la « Guaranty of California » et la

« Rocky Mountain Fidelity ». Et quand je leur ai montré où on en était, elles ont agi rapidement.

— Agi ? Comment ça ?

— Primo, je leur ai lu la loi. Je leur ai lu la clause relative aux accidents contre tiers. Section 141-3/4-127 du Code. Si un tiers transporté dans une auto est blessé, il n'a droit à aucun dommage et intérêt *à moins que* sa blessure ne résulte d'une intoxication ou d'une mauvaise conduite volontaire de la part du conducteur. Ainsi, vous êtes l'invité, et je reconnais qu'elle est coupable de meurtre et de tentative de meurtre. C'est donc, de sa part, une mauvaise conduite volontaire, n'est-ce pas ? Personne ne savait rien, en somme. Elle pouvait agir seule. Alors les deux compagnies, dont les polices étaient pour les accidents aux tiers — celles qui auraient eu à payer les pots cassés —, ont préféré couper la poire en deux en versant chacune cinq mille dollars de la police de la « Pacific States Accidents » qui, sa prime réglée par les deux autres, a déclaré qu'elle accepterait officiellement de payer, et qu'elle ne dirait plus rien. En une demi-heure, la chose était réglée.

Il s'est arrêté et il a souri encore un peu pour lui tout seul.

— Et alors ?

— J'y pense encore. Je vois encore la tête de Sackett quand l'agent de la « Pacific States Accidents » est venu dire à la barre, aujourd'hui, qu'il était convaincu qu'aucun crime n'avait été commis et que sa compagnie paierait ce qu'elle devait. Vous savez l'impression que cela fait, Chambers ? C'est comme si on faisait semblant de boxer avec un type et qu'on lui flanque soudain un bon coup de poing, juste sous le menton ! Quelle magnifique sensation.

— Je ne comprends pas bien. Pourquoi ce type témoignait-il de nouveau ?

— Cora allait être jugée. Quand un avocat a plaidé coupable, le jury veut tout de même entendre quelques témoignages pour savoir un peu de quoi il retourne. Cela détermine le verdict. Sackett avait hurlé pour avoir la peine de mort. C'est un assoiffé de sang, Sackett. C'est pourquoi j'étais si content d'être son adversaire, cela me stimulait. Il croit que pendre les malfaiteurs, cela fait vraiment du bien. On joue gros jeu lorsqu'on plaide contre Sackett. Bref, l'agent d'assurances est revenu à la barre, mais, après ma petite conférence nocturne, cet enfant de salaud n'était plus l'homme de Sackett, mais le mien, et ça, Sackett ne le savait pas. Il a assez braillé quand il s'en est aperçu, mais c'était trop tard. Si une compagnie d'assurances ne croit pas à la culpabilité, comment voulez-vous qu'un jury y croie ? Après cela, il n'y avait plus la moindre chance de convaincre un tribunal ! Et c'est alors que j'ai assommé Sackett. Je me suis levé et j'ai commencé mon discours. J'ai pris tout mon temps. J'ai dit que ma cliente avait protesté de son innocence depuis le début. J'ai même dit que je n'y avais pas cru. J'ai dit que je croyais qu'il existait des preuves écrasantes contre elle et que j'avais cru faire de mon mieux en plaidant coupable et en essayant d'obtenir l'indulgence du jury pour elle. Mais, oh ! Chambers, si vous saviez comme j'ai roulé ce « mais » sur ma langue ! Mais, grâce à ce nouveau témoignage, je n'avais plus qu'à retirer ma plaidoirie, de façon à laisser l'affaire se terminer normalement. Sackett ne pouvait rien faire, car j'étais dans la limite des huit jours. Il a compris qu'il était perdu. Il a dû accepter un procès pour homicide involontaire, la Cour a entendu les autres témoins, elle a donné à Cora six mois avec sursis et elle a rendu le verdict presque en s'excusant. Nous avions annulé la tentative de meurtre. C'était le point principal de toute l'affaire et on l'a presque oublié.

On a frappé à la porte, Kennedy a fait entrer Cora. Il a remis quelques papiers devant Katz et il est sorti.

— Voilà, Chambers. Signez cela, voulez-vous ? C'est une renonciation aux dommages que vous avez subis. C'est la récompense qu'on donne aux Assurances pour avoir été si gentilles.

J'ai signé.

— Veux-tu que je te ramène à la maison, Cora ?

— Je veux bien.

— Une minute, vous deux, une minute. Pas si vite. Il y a encore une petite chose. Et les dix mille dollars que vous devez toucher pour avoir liquidé le Grec ?

Elle m'a regardé et je l'ai regardée. Katz examinait un chèque.

— Le jeu ne serait pas complet si Katz n'en tirait pas un peu d'argent. J'ai oublié de vous parler de cela. Eh bien, voilà, je ne serai pas un salaud. D'habitude, je ramasse tout, cette fois, je prendrai la moitié seulement. Madame Papadakis, signez-moi cela pour cinq mille dollars, j'irai à la banque pour vous et ferai le nécessaire pour y mettre les cinq mille dollars qui vous resteront en dépôt. Voici un chèque en blanc.

Cora s'est assise et a repris la plume, elle a esquissé un geste pour écrire, mais elle s'est arrêtée comme si tout d'un coup elle ne savait plus de quoi il s'agissait. Alors, d'un bond Katz s'est approché, il a saisi le chèque en blanc, et l'a déchiré en mille morceaux.

— Que diable, une fois n'est pas coutume ! Voilà, gardez tout ! Je me moque de ces dix mille balles. J'ai mieux que ça. Voilà ce que j'ai !

Il a ouvert son portefeuille, et nous a montré un morceau de papier. C'était un chèque de cent dollars de Sackett.

— Vous croyez que je vais l'encaisser ? Ah non alors ! Je suis trop heureux. Je vais le faire encadrer, il sera mis là, en face de mon bureau !

XII

Nous sommes sortis, nous avons pris un taxi, car j'étais trop estropié encore, et nous sommes allés d'abord à la banque pour déposer notre chèque, puis nous sommes entrés chez un fleuriste et nous avons acheté deux grosses gerbes de fleurs que nous avons portées aux obsèques du Grec. Cela nous semblait si drôle qu'il n'y ait que deux jours qu'il était mort et qu'on l'enterre seulement maintenant. Les funérailles avaient lieu dans une toute petite église grecque et il y avait beaucoup de monde. C'étaient, pour la plupart, des Grecs que j'avais déjà vus quelquefois à la maison. Ils ont été suffoqués quand nous sommes entrés, et quand Cora s'est assise au troisième rang. Je les ai vus nous regarder, et je me suis demandé ce que je ferais s'ils voulaient nous jouer un mauvais tour. Car c'étaient ses amis à lui, pas les nôtres. Bientôt, j'ai vu qu'ils se passaient un journal entre eux, en grandes lettres sur la première page, on lisait que Cora était innocente, alors un huissier y a jeté un coup d'œil, puis il s'est précipité et nous a prié de nous asseoir au premier rang. Le type qui a fait le sermon a commencé par dire des choses désobligeantes sur la façon dont le Grec était mort, alors quelqu'un s'est levé et est venu lui murmurer quelques mots tout bas en lui montrant le journal qui avait fait le tour de l'église à ce moment-là ; il a recommencé son laïus sans choses désobligeantes, mais, au contraire, avec des condoléances à la pauvre veuve et aux amis, et tous ont incliné la tête en signe d'assentiment. Quand nous sommes passés dans la cour où était le caveau, un couple a pris Cora par le bras et l'a soutenue tandis qu'un autre couple était plein de sollicitude pour moi. Je me suis mis à pleurer comme un veau quand on a descendu le cercueil. Les hymnes qu'on chante à ce moment feraient sangloter n'importe qui, surtout lorsqu'il s'agit d'un copain qu'on aime comme j'aimais le Grec. A la fin, ils ont chanté une chanson que je lui avais entendu chanter cent fois et cela m'a achevé. J'ai tout juste pu déposer nos fleurs là où il ne fallait pas les mettre.

Le chauffeur du taxi a trouvé un bonhomme qui nous a proposé une Ford pour quinze dollars par semaine, nous l'avons louée et nous sommes partis. Cora conduisait. En sortant de la ville, nous avons vu une maison en construction, et, tout le long du chemin, nous avons parlé du petit nombre de maisons nouvelles qui s'élevaient dans ce quartier, où, si les choses allaient mieux, elles devraient pousser comme des champignons. En arrivant à la maison, Cora m'a aidé à descendre, elle a rangé la voiture, puis nous sommes entrés. Tout était absolument comme nous l'avions laissé. Les verres où nous avions bu, le Grec et moi, étaient encore dans l'évier et sa guitare était restée dans la cuisine ; il ne l'avait pas rangée parce qu'il était ivre. Cora a mis la guitare à sa place, elle a lavé les verres, puis elle est montée. Une minute après, je suis monté la rejoindre.

Elle était dans leur chambre, assise près de la fenêtre et elle regardait la route.

— Eh bien ?

Elle ne m'a pas répondu et j'ai fait mine de partir.

— Je ne t'ai pas dit de t'en aller !

Je me suis assis. Un long moment s'est écoulé avant qu'elle ne me lance ceci :

— Tu m'avais lâchée, Frank !

— Non, Cora. Il m'a roulé, tu sais. J'ai été obligé de signer son papier ; si je ne l'avais pas fait, il aurait tout su. Je ne t'ai pas lâchée, Cora. Je me suis laissé prendre à ce qu'il disait, si bien que je ne savais plus où j'en étais !

— Tu m'as lâchée, Frank, je l'ai vu dans tes yeux !

— Eh bien, Cora, c'est entendu, je t'ai lâchée, mais ç'a été bien malgré moi. J'ai essayé de l'éviter, mais il m'a battu à plates coutures. J'ai claqué.

— Je sais.

— Je me suis fait une bile du diable à cause de ça.

— Et je t'ai lâché, moi aussi, Frank !

— Ils t'y ont forcée. Tu ne le voulais pas, toi non plus. Ils t'ont tendu un piège ?

— Je savais ce que je faisais. Je te haïssais à ce moment-là.

— Je m'en doute, mais c'était pour quelque chose que je n'avais pas réellement fait. Tu le sais bien, maintenant.

— Non. Je te haïssais pour ce que tu avais fait.

— Je ne t'ai jamais haïe, Cora. C'est moi que je haïssais.

— Je ne te hais plus. C'est ce Sackett que je hais et Katz aussi. Pourquoi ne nous ont-ils pas laissés seuls ? Pourquoi ne nous ont-ils pas laissés nous battre seuls pour en sortir ? Nous aurions perdu sans doute. Mais ça m'aurait été égal même si cela m'avait conduite au... tu me comprends ?... Nous aurions encore notre amour. C'est tout ce que nous avons jamais eu. Et dès qu'ils ont commencé leurs mesquineries, tu m'as lâchée.

— Et tu m'as lâché, toi aussi, ne l'oublie pas !

— C'est le plus terrible. Je t'ai lâché. Nous nous sommes retournés l'un contre l'autre.

— Alors, nous sommes quittes !

— Oui, quittes, mais qu'est-ce qui nous reste, maintenant ? Nous étions en haut d'une montagne. Nous étions si haut, Frank, c'était si beau cette nuit-là ! Je n'aurais jamais cru pouvoir sentir quelque chose d'aussi beau. Nous nous sommes embrassés, nous avons signé un pacte pour toujours quoi qu'il arrive. Nous possédions plus que n'importe quel couple au monde, et nous avons dégringolé, toi d'abord et moi ensuite ! Oh ! oui, c'est fini. Nous sommes si bas maintenant, notre belle montagne a disparu !

— Je m'en fous puisque nous sommes ensemble !

— Bien sûr ! Mais j'ai beaucoup réfléchi, Frank, la nuit dernière. J'ai pensé à toi, à moi, au cinéma... pourquoi n'y ai-je pas réussi ? A la cantine... à la route sur laquelle nous sommes partis... Je me suis demandé pourquoi tu l'aimais, cette route. Nous sommes juste deux vauriens, Frank. Dieu s'était penché sur nous, l'autre nuit. Il nous avait accordé tout ce que deux êtres peuvent rêver de plus beau. Mais nous n'en étions pas dignes. Nous avions un grand amour, et nous nous sommes laissé écrabouiller par cet amour. C'était comme un splendide moteur d'avion capable de nous porter jusqu'aux cieux, par-dessus les montagnes. Mais si on met ce moteur dans une Ford, elle éclate en morceaux. Tu vois, nous sommes deux Ford, nous... Dieu se moque de nous, maintenant.

— Je m'en fous. Moquons-nous de lui, nous aussi. Il a mis un « sens interdit » sur notre route, et nous sommes passés quand même. Et alors ? Est-ce qu'on a loupé le coup ?... Foutre non ! On est sorti de là propres comme un sou, et avec dix mille balles pour avoir fait le boulot. Tu crois que Dieu nous a baisés au front ?... Moi je dis que c'est le diable qui a couché avec nous ! et crois-moi, mon petit, il a trouvé ça rudement bon !

— Ne parle pas comme ça, Frank !

— On les a touchées les dix milles balles, oui ou non ?

— Je ne veux plus y penser, c'est beaucoup d'argent, mais ce n'est pas assez pour acheter notre montagne !

— Au diable ta montagne ! On la retrouvera et on aura encore dix mille thunes à empiler par-dessus ! Si tu veux aller plus haut, monte d'abord là-dessus !

— Idiot ! Mais regarde-toi donc ! Ah ! tu es joli à voir comme ça, gueulant avec ton bandage sur le crâne !

— Tu oublies le principal. Nous avons quelque chose à fêter. On n'a jamais été saouls ensemble !

— Il s'agissait bien de gnôle !

— De gnôle ou d'air pur, c'est toujours se saouler ! Où elle est cette fine que j'avais ici, avant de partir ?

Je suis allé dans ma chambre, et j'ai trouvé l'alcool. C'était un flacon de bourbon aux trois quarts plein. Je suis descendu, j'ai pris des grands verres à *cola-cola*[1] et de la glace, une bouteille de White Rock[2] et je suis remonté. Elle avait enlevé son chapeau et défait ses cheveux. J'ai préparé deux verres. Un peu de White Rock, deux morceaux de glace et le reste d'alcool.

— Bois ça, ça ira mieux. C'est ce que Sackett m'a donné à boire quand il m'a fourré dedans, le porc !

— Brrrr ! C'est fort !

— Tu parles... Mince, c'que t'es habillée !

Je l'ai poussée sur le lit. Elle tenait toujours son verre et quelques gouttes sont tombées.

— Tant pis, il y en a encore !

J'ai commencé à enlever sa blouse.

— Bouscule-moi, Frank, comme l'autre nuit.

Je lui ai arraché ses vêtements. Elle s'est tournée un peu pour qu'ils glissent mieux. Puis, ils sont tombés, elle a fermé les yeux et elle est restée étendue la tête sur l'oreiller. Ses cheveux roulaient sur ses épaules, en boucles pareilles à des serpents. Ses yeux étaient sombres et ses seins n'étaient pas durcis, les pointes dressées vers moi, mais tout doux, et leurs bouts étaient étalés en deux larges taches roses. Elle semblait être l'ancêtre de toutes les putains du monde. Le diable en eut pour son argent, cette nuit-là.

1. Cola-cola, eau gazeuse.
2. Eau minérale.

XIII

Ça a duré comme ça, pendant six mois. Ça c'est maintenu ainsi et ça s'est toujours passé de la même façon. Nous nous battions, puis j'attrapais la bouteille. Nous nous disputions toujours au sujet de notre départ. Nous n'avions pas le droit de quitter la propriété pendant les six mois de sursis qu'avait obtenus Cora, mais je voulais qu'ensuite nous disparaissions de la région. Je ne le lui ai jamais dit, à Cora, mais je voulais l'éloigner de Sackett. J'avais peur que si, un jour, elle se mettait à m'en vouloir, elle sorte hors de ses gonds et se mette à tout dégoiser comme elle l'avait déjà fait au tribunal. Je n'ai pas eu confiance en elle une minute. Au début, elle était enthousiasmée à l'idée de partir, surtout quand je parlais des îles Hawaï et des mers du Sud, puis l'argent s'est mis à rentrer. Quand nous avons ouvert de nouveau le restaurant, une semaine environ après l'enterrement, une foule de gens ont rappliqué pour voir un peu la tête qu'avait Cora, puis ils sont revenus parce qu'ils s'étaient bien amusés. Cora alors a tourné casaque et elle s'est emballée à l'idée que nous avions enfin l'occasion de gagner encore de l'argent.

— Voyons, Frank, tous les bistrots pareils au nôtre dans les environs sont moches. Leurs propriétaires sont des types qui sortent d'une ferme du fond du Kansas ou d'ailleurs, ce sont des bouseux qui ne savent pas ce que c'est que recevoir des gens. Je crois que si quelqu'un, connaissant son affaire comme moi, s'amène, et essaye un peu de faire ce qu'il faut faire, tous les clients reviendront et amèneront leurs copains.

— Je m'en fous. De toute façon, nous vendrons.

— On vendrait mieux si les affaires marchaient bien.

— Les affaires marchent bien.

— Elles pourraient marcher beaucoup mieux. Voyons, Frank, il me semble que les gens aimeraient à s'asseoir dehors, sous ces arbres. Pense à ça. Nous avons un si bon climat en Californie, et qui en profite ? On les enferme toujours dedans, dans des restaurants installés sur le même gabarit, des trucs en séries, qui puent tellement que ça vous donne mal à l'estomac, et leur tambouille est si mauvaise ! Et c'est la même chose d'un bout à l'autre du pays. Jamais, jamais, ils n'ont l'occasion de se sentir à leur aise.

— Ecoute-moi, nous vendrons et nous partirons, c'est d'accord ? Eh bien, moins nous aurons à vendre, plus vite nous serons débarrassés. Bien sûr que les gens aimeraient s'asseoir sous les arbres ! Tout le monde sait ça, sauf un mastroquet californien ! Mais si on se met à ça, il va falloir des tables et une installation électrique extérieure et tout, et peut-être que celui qui voudra nous acheter le fonds n'aimera pas ça !

— Nous devons rester là six mois, qu'on le veuille ou non.

— Eh bien, employons ce temps à trouver un acquéreur.

— Je veux essayer.

— Eh bien, essaye mais je t'ai prévenue, voilà.

— Je pourrais me servir des tables qui sont à l'intérieur ?

— Je t'ai dit : essaye si tu veux, n'est-ce pas. Allez, arrive, viens boire un verre.

Ce qui a tout démoli, c'est qu'on a donné de nouveau l'autorisation de vendre de la bière. C'est alors que j'ai compris où Cora voulait en venir. Elle avait mis des tables dehors, sous les arbres, sur une petite plate-forme qu'elle avait fait construire. Elle avait garni ça de banderoles de papier et de lanternes pendues aux branches le soir, et tout a marché, comme elle l'avait dit. Elle avait eu raison. Les gens ont réellement pris plaisir à s'asseoir sous les arbres pendant une demi-heure, en écoutant la T.S.F. avant de remonter en voiture et de repartir. C'est alors qu'on a autorisé la bière. Cora a vu là l'occasion de transformer son jardin en brasserie en plein air.

— Je m'en fiche. Ce que je veux, c'est trouver un type qui achète tout et paie comptant.

— Quel dommage !

— Je ne trouve pas !

— Enfin, Frank, l'autorisation ne coûte que douze dollars pour six mois. Mon Dieu, on peut se payer ça !

— C'est ça, on demande l'autorisation et ensuite, on est dans le boulot jusqu'au cou. On vend déjà de l'essence, on donne déjà à manger. Si on doit vendre de la bière, en plus !... J'en ai assez, je veux vendre tout, je ne veux pas augmenter les affaires !

— Tout le monde le fait !

— Mais je m'en fous, moi !

— Les gens ne demandent qu'à venir et tout est déjà installé... est-ce qu'il faudra que je leur dise que je n'ai pas de bière parce que je n'ai pas d'autorisation ?

— As-tu des comptes à leur rendre ?

— Nous n'avons qu'à faire installer un appareil spécial et nous aurons de la bière à la pression, et cela rapportera davantage. J'ai vu de si jolis verres à Los Angeles, l'autre jour. Des grands, tu sais. Les gens chics aiment boire la bière là-dedans.

— Voilà, il faut encore un appareil et des verres ! Je te dis que je ne veux pas donner de la bière !

— Frank, est-ce que tu veux *arriver* à quelque chose ?

— Encore une fois, écoute-moi bien. Ce que je veux, c'est partir. Je veux m'en aller loin d'ici. Je ne veux plus voir, à chaque instant, l'ombre de ce sacré Grec qui me saute dessus, j'entends l'écho de sa voix dans mes rêves et je tressaille chaque fois qu'à la T.S.F. j'entends une guitare. Il faut que je parte, comprends-tu ? Je veux partir, sinon je deviens timbré.

— Tu mens !

— Oh ! non, je ne mens pas. Je n'ai jamais de ma vie si bien dit la vérité.

— Tu ne vois pas l'ombre du Grec, ce n'est pas vrai ! Quelqu'un pourrait le voir, mais pas Frank Chambers. Non, tu veux partir juste parce que tu es un jean-foutre, c'est tout ! C'est ça que tu étais quand tu es arrivé ici, et c'est ça que tu veux être à nouveau. C'est ça, partons, dépensons tout, et après?...

— Je m'en fous, partons!

— C'est ça, tu t'en fous. Nous pouvons rester...

— Je sais, c'est ce que tu veux, au fond. C'est toujours ce que tu as voulu. Que nous restions ici.

— Pourquoi pas? Ça marche bien! Pourquoi ne resterions-nous pas ici?... Voyons, Frank! Tu as essayé de faire de moi un vagabond comme toi, dès l'instant où tu m'as connue, mais tu n'y arriveras pas. Je te le dis, je ne serai jamais un voyou, moi! Je veux être quelqu'un. Nous resterons ici. Nous ne partirons pas. Nous prendrons l'autorisation de vendre de la bière. Nous arriverons à quelque chose!

Il était tard, nous étions montés dans notre chambre et à moitié dévêtus. Elle marchait de long en large, comme elle avait fait lors de sa confession et elle parlait en drôles de phrases saccadées.

— Bien sûr, nous resterons. Nous ferons ce que tu voudras, Cora. Tiens, bois un verre.

— Je ne veux pas boire.

— Mais si, tu vas boire. Il faut bien rire un peu en pensant à tout l'argent qu'on va gagner.

— On a déjà bu pour ça!

— Mais tu dis qu'on va en gagner davantage encore! Avec cette bière! Il faut boire rien que pour nous porter chance!

— Idiot! Enfin, pour la chance!

Cette scène se répétait de la même manière deux ou trois fois par semaine. Mais ce qu'il y avait de terrible, c'est que, chaque fois, à chaque lendemain de cuite, je faisais le même rêve. Je tombais et j'entendais ce craquement affreux dans mon oreille.

Les six mois étaient écoulés quand Cora a reçu le télégramme lui annonçant que sa mère était malade. Elle a en vitesse fourré quelques vêtements dans une valise et je l'ai mise dans le train. En revenant vers la voiture, je me suis senti tout drôle, comme si je devenais soudain très léger, et comme si je flottais dans l'air. J'étais libre. Pendant une semaine au moins, je n'aurais plus à me disputer, ni à me libérer de mauvais rêves, ni à consoler, avec une bouteille d'alcool, une femme de mauvaise humeur.

Dans le parc des voitures, il y avait une femme qui essayait de mettre son auto en marche. Il n'y avait rien à faire. Elle avait tout essayé, rien ne bougeait.

— Qu'est-ce qu'il y a ? Elle ne veut rien savoir ?

— Ils ont laissé le contact en la rangeant, et maintenant la batterie est à plat.

— Alors qu'ils se débrouillent, qu'ils s'occupent de vous.

— Oui, mais il faut que je rentre.

— Je vais vous ramener.

— Vous êtes vraiment très gentil.

— Je suis le plus gentil garçon du monde.

— Vous ne savez même pas où j'habite.

— Ça m'est égal.

— C'est très loin dans la campagne.

— Le plus loin sera le mieux. Où que ce soit, c'est sur mon chemin.

— C'est bien difficile de vous refuser.

— Si c'est difficile, ne refusez pas.

C'était une blonde, peut-être un peu plus âgée que moi, et pas mal du tout. Mais ce qui m'a plu, c'est sa façon d'être si camarade et de ne pas avoir plus peur de moi que si j'étais un gosse. Elle n'avait pas froid aux yeux et ça se voyait. Et ce qui m'a décidé, c'est que j'ai découvert qu'elle ne savait pas qui j'étais. Nous nous sommes dit nos noms en route, et le mien n'a rien évoqué pour elle. Bon Dieu ! quelle bonne surprise ça a été pour moi ! Enfin, voilà quelqu'un qui ne me demanderait pas de m'asseoir une seconde à sa table pour lui raconter de fond en comble cette histoire du Grec que l'on avait cru assassiné. Je l'ai regardée et je me suis senti de nouveau léger comme lorsque j'avais quitté le train, il me semblait que j'allais flotter au-dessus du volant.

— Ainsi, vous vous appelez Madge Allen ?

— En réalité, je m'appelle Kramer, mais j'ai repris mon nom lorsque mon mari est mort.

— Eh bien, Madge Allen ou Kramer, ou n'importe quoi, j'ai une proposition à vous faire.

— Vraiment ?

— Si nous tournions cette machine dans l'autre sens... vers le sud, et si nous partions faire un petit tour d'une semaine ?

— Oh ! ce n'est pas possible !

— Pourquoi ?

— Je ne peux pas.

— Je vous plais pourtant ?

— Bien sûr.

— Et vous aussi, vous me plaisez, alors, qu'est-ce qui nous arrête ?

Elle a voulu dire quelque chose, mais elle ne l'a pas dit et s'est mise à rire.

— C'est vrai que cela me plairait. Même si c'est une chose à ne pas faire, ça m'est égal. Mais je ne peux pas, à cause des chats.

— Quels chats ?...

— Nous avons un tas de chats. C'est moi qui en ai la charge. C'est pourquoi je dois rentrer.

— Les fermes qui prennent en pension des animaux domestiques n'ont pas été créées pour des prunes ! Téléphonons et on les fera prendre, vos chats.

Ça lui a semblé très drôle.

— Ils en feraient une tête ! Mes chats ne sont pas des chats de luxe !

— Des chats sont toujours des chats !

— Pas exactement. Il y en a de gros et de petits. Les miens sont gros. Qu'est-ce qu'ils feraient de mon lion, ou de mes tigres, ou du puma ?... Et les trois jaguars, ce sont les pires, un jaguar, c'est un terrible chat !

— Sainte Vierge ! Que faites-vous de ces bêtes ?

— On les fait travailler pour le cinéma. On vend les petits. Il y a des gens qui ont des jardins zoologiques privés. Et puis on les montre, cela fait marcher le commerce.

— Vous n'aurez pas ma pratique !

— Nous avons un restaurant. Les gens viennent voir les animaux.

— Un restaurant. Par exemple, j'en ai un moi aussi. Dans ce sacré cochon de pays, les gens ne savent que se vendre des sandwichs les uns aux autres.

— Enfin, je ne peux pas lâcher mes chats. Il faut qu'ils mangent.

— Je m'en fous, moi ! Faites venir un Barnum quelconque. Goebel par exemple. Je donnerais le lot entier pour mille balles !

— Cela vaudrait ça, pour vous, une balade avec moi ?

— Exactement !

— Oh ! alors je ne puis dire non. Téléphonez à votre Barnum...

Je l'ai déposée chez elle, j'ai téléphoné à Goebel, puis je suis retourné chez moi et j'ai fermé la maison. Je suis reparti la chercher. Il faisait presque nuit. Goebel avait envoyé un camion que j'ai rencontré plein de bêtes rayées et tachetées. J'ai laissé la voiture à une centaine de mètres sur la route, et, une minute après, Madge est apparue. Je l'ai aidée à monter et nous avons filé.

— Contente ?

— J'adore ça.

Nous sommes descendus sur Caliente. Le jour suivant, nous étions encore plus bas encore, à Ensanada, une petite ville mexicaine, à soixante-dix milles environ au sud sur la côte. Nous sommes allés dans un petit hôtel et nous y sommes restés trois ou quatre jours. C'était chouette. Ensanada est tout mexicain et on a l'impression d'avoir laissé les Etats-Unis à un million de milles au loin. Notre chambre possédait un balcon et, dans l'après-midi, nous nous installions là tout simplement à regarder la mer et à laisser le temps s'écouler.

— Qu'est-ce que tu faisais de tes chats ? Tu les dressais ?

— Pas ceux que nous avions en ce moment. Ils ne valaient rien. Sauf les tigres, ce n'étaient pas des purs... Mais j'ai essayé quand même.

— Tu aimes ça ?

— Pas beaucoup, surtout quand ce sont des gros. Mais j'aime les pumas. J'arriverai à faire un sketch avec eux un jour. Mais il m'en faudra beaucoup, et des vrais pumas de jungle. Pas ces hors-la-loi qu'on voit dans les zoos.

— Pourquoi pas un hors-la-loi ?

— Parce qu'il vous tue.

— Et pas les autres ?

— Ils peuvent le faire aussi, mais avec un hors-la-loi, c'est certain. Si c'était un homme, ce serait un fou. Cela vient de ce qu'ils sont nés en captivité. Les fauves que tu vois, ce sont des chats, évidemment, mais ce sont des chats fous.

— Comment savoir si c'est un vrai chat de jungle ?

— En le prenant dans la jungle.

— Quoi ? Tu les prends vivants ?

— Bien sûr. Qu'est-ce que j'en ferais s'ils étaient morts !

— Sacristi ! Et comment fais-tu cela ?

— Voilà. Je prends le bateau jusqu'au Nicaragua, car les plus beaux pumas viennent du Nicaragua. Ceux de Californie et du Mexique ne sont que de la gnognote à côté. Là, je loue quelques Indiens et je vais dans les montagnes. J'attrape mes pumas. Je les ramène à la côte. Mais je reste dans le pays pour les dresser, parce que la viande de chèvre est moins chère là-bas que le cheval ici.

— On dirait que tu es prête à partir.

— Je suis prête.

Elle s'est envoyé un peu de vin dans la bouche et m'a longuement regardé. On nous servait le vin dans une bouteille munie d'un long bec qui permettait de lancer le vin dans la bouche. Cela était plus frais. Elle a fait cela deux ou trois fois et chaque fois elle me regardait.

— Je suis prête si tu es prêt.

— Qu'est-ce qui te prend? Tu crois que je vais aller avec toi chercher ces sacrées bestioles?...

— Frank, j'ai beaucoup d'argent avec moi. Laissons ces chats à la noix à Goebel. Cela paiera leur pension, vends ta voiture, ce que tu pourras, et allons chercher les pumas.

— Ça colle!

— Tu acceptes?

— Quand partons-nous?

— Il y a un bateau qui part demain et qui nous laissera à Balboa. Nous télégraphierons de là à Goebel. Nous laisserons ta voiture ici à l'hôtel. Ils la vendront et ils nous enverront ce qu'ils auront pu en tirer. Il y a une chose qu'il faut accorder aux Mexicains, ils sont mous mais honnêtes.

— Entendu!

— Mince! que je suis contente!

— Moi aussi. J'en ai marre des sandwichs et de la bière et de la tarte aux pommes et du fromage! Je fous tout en l'air.

— Cela te plaira, Frank. Nous irons très haut dans la montagne, il y fait frais, et quand mon sketch sera prêt, nous ferons le tour du monde. Nous irons là où il nous plaira. Nous ferons ce qui nous plaira, et nous aurons beaucoup d'argent à dépenser. Es-tu donc un peu bohémien?

— Bohémien? J'avais des anneaux aux oreilles quand je suis né!

Je n'ai pas aussi bien dormi cette nuit-là que les

autres nuits. Quand il a commencé à faire clair, j'ai ouvert mes yeux tout grands, j'étais bien éveillé, et j'ai senti que le Nicaragua n'était pas encore ce qui me ferait abandonner Cora !

XIV

Quand Cora est descendue du train, elle portait une robe noire qui la faisait paraître plus grande, elle avait aussi un chapeau, des chaussures, des bas noirs, et elle ne se conduisait pas comme d'habitude pendant qu'un type portait sa malle dans l'auto. Nous sommes partis et nous n'avons pas parlé, ni l'un ni l'autre, pendant quelques milles.

— Pourquoi ne m'as-tu pas fait savoir qu'elle était morte ?

— Je ne voulais pas t'ennuyer et j'avais tant à faire.

— J'ai un peu honte, Cora.

— Pourquoi ?

— J'ai fait une balade pendant que tu n'étais pas là. Je suis allé à Frisco.

— Pourquoi as-tu honte de ça ?

— Je n'en sais rien. Toi, là-bas à Iowa, ta mère mourante, et tout, et moi à Frisco en train de m'amuser !

— Il n'y a pas à avoir honte. Tant mieux si tu as pris du bon temps. Si j'y avais pensé, je t'aurais dit de le faire, en m'en allant.

— Les affaires ont ralenti. J'avais fermé.

— Oh ! ça va, on rattrapera ça.
— Je me suis ennuyé quand tu as été partie.
— Mais enfin, je te dis que ça ne fait rien !
— Tu as dû en avoir du mal, toi ?
— Ce n'était pas gai, bien sûr, mais c'est fini.
— Qu'est-ce qu'on va boire en arrivant ! J'ai quelque chose de fameux que j'ai rapporté pour toi.
— Je n'en veux pas.
— Cela te remontera.
— Je ne veux plus boire.
— Quoi ?
— Je te raconterai ça. C'est une longue histoire.
— Dis donc, il m'a l'air d'être arrivé des tas de choses.
— Non, rien n'est arrivé. L'enterrement seulement. Mais j'ai beaucoup à te parler. Je crois que notre vie va très bien s'arranger.
— Nom d'un chien, qu'est-ce que c'est ?
— Non, pas maintenant. As-tu vu ta famille ?
— Pour quoi faire ?
— Est-ce qu'on sait ? Enfin, tu es content ?
— Très, autant que je pouvais l'être sans toi.
— Je crois que tu ne t'en es pas fait. Mais je suis contente que tu aies pensé à moi.

Quand nous sommes arrivés, il y avait une auto devant la maison et un homme dans l'auto. Il avait un drôle de sourire sur le visage et il a sauté à terre. C'était Kennedy, le type de chez Katz.
— Vous vous souvenez de moi ?
— Certainement. Entrez !
Nous l'avons entraîné à l'intérieur, et elle m'a poussé dans la cuisine.

— Mauvais signe, Frank.
— Pourquoi mauvais ?
— Je ne sais pas, il me semble...
— Allons lui parler.
Je suis revenu vers l'homme et elle nous a apporté de la bière. Très vite, je suis arrivé au fait.
— Vous êtes toujours avec Katz ?
— Non, je l'ai quitté. Nous nous sommes disputés et je suis parti.
— Que faites-vous maintenant ?
— Rien. C'est pour cela d'ailleurs que je suis venu vous trouver. Je suis déjà passé deux fois, mais il n'y avait personne. Aujourd'hui, je vous savais de retour, alors, j'ai attendu.
— Si je puis faire quelque chose pour vous ?
— Pourriez-vous me donner un peu d'argent ?
— Bien sûr. Je n'en ai pas beaucoup, mais si cinquante ou soixante dollars pouvaient vous aider, je serais content de vous les donner.
— Je pensais que vous me donneriez davantage !
Il avait toujours le même sourire sur son visage, et j'ai senti qu'il allait laisser tomber le masque et parler ouvertement.
— Allez-y, Kennedy, qu'est-ce qu'il y a ?
— Voilà. J'ai quitté Katz. Mais ce papier que Mrs. Papadakis m'avait dicté était encore dans les classeurs, vous comprenez ? Etant donné que je me considère comme un de vos bons amis, j'ai pensé que vous ne voudriez pas que ce papier traîne là-dedans. Alors, je l'ai pris. J'ai pensé que cela vous amuserait peut-être de l'avoir.
— Vous voulez parler de cette histoire à dormir debout qu'elle appelait une confession !
— C'est cela, je sais bien qu'il n'y a rien de vrai là-

dedans, mais je pensais que vous aimeriez assez l'avoir.

— Combien voulez-vous ?

— Combien pouvez-vous me donner ?

— Oh ! je ne sais pas. Comme vous le dites vous-même, il n'y a rien de vrai dedans, mais je vous donnerais peut-être cent dollars. Oui, je donnerai peut-être ça.

— Je croyais que ça valait davantage.

— Vraiment ?

— J'avais pensé à vingt-cinq billets.

— Vous êtes fou !

— Non, je ne suis pas fou. Katz vous a donné dix billets. La maison a bien marché, mettons qu'elle ait rapporté cinq billets. Sur la propriété, vous pouvez avoir dix billets à la banque. Papadakis en avait donné quatorze, vous pouvez bien en retirer dix. Cela fait bien vingt-cinq.

— Vous me laisseriez tout nu, pour ça !

— Ça vaut ça !

Je n'ai pas bougé, mais j'ai dû machinalement cligner de l'œil, car il a brusquement tiré un pistolet automatique de sa poche, et l'a dirigé sur moi.

— Ne bougez pas, Chambers. D'abord, je n'ai pas ce papier sur moi, ensuite si vous bougez vous êtes mort.

— Je ne bouge pas.

— Tant mieux pour vous !

Il a gardé son revolver pointé vers moi et j'ai continué à le regarder.

— Je crois que vous me tenez.

— Je ne le crois pas, j'en suis sûr.

— Mais vous demandez trop !

— Parlez toujours, Chambers.

— Katz nous a donné dix billets, c'est entendu. Nous les avons encore. Nous avons bien gagné cinq autres billets ici, mais nous en avons dépensé un ces deux dernières semaines. Elle est allée enterrer sa mère, moi, je me suis baladé. C'est pour cela que la maison était fermée.

— Continuez.

— Nous n'obtiendrons pas les dix autres billets sur la propriété. A l'heure actuelle, ce sera beau si on nous en donne cinq, peut-être même quatre seulement.

— Continuez !

— Eh bien, dix, quatre et quatre, cela fait dix-huit.

Il a souri en regardant son browning, puis il s'est levé.

— Ça va, dix-huit. Je vous téléphonerai demain pour savoir si vous les avez. Si oui, je vous dirai ce qu'il faudra faire. Si non, j'envoie le papier à Sackett.

— C'est dur, mais vous me tenez.

— Demain à midi, je vous téléphone. Vous aurez tout le temps d'aller à la banque et de revenir.

— Entendu.

Il est allé à reculons jusqu'à la porte, le revolver toujours fixé sur moi. Il était tard, il commençait à faire nuit. Tandis qu'il reculait, je me suis appuyé contre le mur, le menton sur la poitrine, comme si je réfléchissais. Il était à peine à la porte que j'ai allumé l'enseigne d'un coup. La lueur a éclaté au-dessus de sa tête. Il a fait demi-tour et je me suis précipité. Il est tombé, j'étais sur lui. Je lui ai arraché le revolver, que j'ai jeté dans le restaurant, et je lui ai cogné dessus. Puis, je l'ai tiré à l'intérieur et j'ai fermé la porte d'un coup de pied. Cora était avec nous. Elle avait écouté à la porte tout le temps.

— Prends le revolver.

Elle l'a pris et elle est restée là. J'ai remis Kennedy sur pied et je l'ai jeté sur une table. Puis, je l'ai rossé. Quand il s'est évanoui, je lui ai flanqué un verre d'eau à travers. Il est revenu à lui et je l'ai rossé de nouveau. Quand son visage n'a plus été qu'un bout de viande rouge, et quand il s'est mis à geindre comme un gosse, je me suis arrêté.

— Allez, Kennedy. Tu vas appeler tes amis au téléphone.

— Je n'ai pas d'amis, Chambers. Je vous le jure, je suis le seul à savoir où...

Je suis retombé sur lui de la même façon qu'avant. Il a continué à dire qu'il n'avait pas d'amis, alors je lui ai retourné le bras et je l'ai menacé.

— Allez, Kennedy, si tu n'as pas d'amis, je te casse le bras.

Il a résisté plus longtemps que je ne l'aurais cru. Il a tenu jusqu'à ce que je retourne son bras avec toute ma force, en me demandant si réellement je pourrais le briser. Mon bras gauche, celui qui avait été cassé, était encore faible. Si vous essayez un jour de casser, hors des jointures, une patte de dindon assez dur, vous aurez peut-être une idée de la difficulté qu'il y a à casser un bras humain en le retournant.

Tout d'un coup, il a dit qu'il téléphonerait. Je l'ai lâché et lui ai dit ce qu'il aurait à dire. Puis, je l'ai amené auprès de l'appareil de la cuisine et j'ai pris moi-même l'écouteur du restaurant. Ainsi, j'ai pu suivre ce qu'il disait et ce qu'on lui répondait. Cora nous a accompagnés avec le revolver.

— Si je te fais signe, vas-y.

Cora s'est appuyée au mur et un terrible sourire est apparu sur ses lèvres. Ce sourire a fait plus peur à Kennedy que tout ce que j'avais fait.

— J'irai.

Il a téléphoné et un type a répondu :

— C'est toi, Willie ?

— Pat ?

— C'est moi. Ecoute, c'est arrangé. Quand peux-tu apporter ça ici ?

— Demain, comme on avait dit.

— Tu ne peux pas ce soir ?

— Comment faire pour aller au coffre, la banque est fermée.

— Bon, alors, voici ce que tu feras. Demain matin, vas-y à la première heure et viens ici, chez lui.

— Chez lui ?

— Oui. Il sait que nous le tenons, mais il a peur que si elle apprend qu'il va verser tout ce fric, elle ne le laisse pas faire. S'il sort, elle se doutera de quelque chose, elle voudra aller avec lui. Alors, c'est à nous de venir. Je serai un type qui a passé la nuit dans leur camp d'auto et elle ne saura rien. Demain, tu viens, tu es un de mes amis et nous arrangeons tout.

— Comment aura-t-il l'argent s'il ne sort pas ?

— C'est arrangé.

— Pourquoi diable passes-tu la nuit là-bas ?

— J'ai une autre raison pour cela, Willie. C'est peut-être une blague ce qu'il m'a dit sur elle, c'est peut-être vrai. Si je reste là ils ne pourront filer, ni l'un ni l'autre.

— Est-ce qu'il entend ce que tu dis ?

Kennedy m'a regardé, j'ai fait oui de la tête.

— Il est à côté de moi, à l'autre écouteur. Je

voulais qu'il m'entende, tu comprends, Willie. Je voulais qu'il sache que c'était sérieux !

— C'est bien drôle tout ça, Pat !

— Ecoute-moi, Willie. Tu ne sais pas, ni moi non plus, ni personne, s'il ment ou s'il dit vrai. Mais s'il dit vrai, je lui donne une chance. Bon sang ! si quelqu'un accepte de casquer, on peut l'aider, non ?... Alors, fais ce que je te dis. Arrive dès que tu pourras demain matin, dès que tu pourras, tu entends ? Parce qu'il ne faut pas qu'elle se demande pourquoi je reste là.

— Entendu !

Il a raccroché. Je me suis approché et lui ai tapé sur l'épaule.

— C'est comme ça qu'il faudra parler s'il vous rappelle. Compris, Kennedy ?

— Compris.

J'ai attendu quelques minutes et le téléphone a sonné de nouveau. J'ai répondu, et quand Kennedy a pris l'appareil, il a dit à peu près la même chose. Il a dit qu'il était seul cette fois. Willie n'était pas content, mais il ne pouvait rien faire. Ensuite, j'ai conduit Kennedy à la première cabane pour automobilistes. Cora est venue avec nous, et j'ai pris le revolver. Dès que Kennedy est entré, j'ai fait un pas en arrière et j'ai embrassé Cora.

— Ça, c'est parce que tu tiens bien le coup quand c'est dur. Ecoute, maintenant, je ne vais pas le quitter une minute. Je vais rester là toute la nuit. Si on téléphone pour lui, je l'amènerai à l'appareil. Laisse la maison ouverte. Mais tâche que les gens restent dehors, de façon que si un de ses copains vient espionner, tu es là et tu t'occupes seulement des affaires.

— Entendu. Dis donc, Frank ?

— Quoi ?

— La prochaine fois que j'essayerai de faire la forte tête, flanque-moi un coup de poing dans la figure.

— Pourquoi ?

— Nous aurions dû partir. Tu avais raison.

— Mais nous partirons dès qu'on aura le papier !

Elle m'a embrassé à son tour.

— Je crois que je t'aime vraiment, Frank.

— On verra ça. Ne t'en fais pas !

— Je ne m'en fais pas.

Je suis resté là toute la nuit. Je ne lui ai rien donné à manger, je ne l'ai pas laissé dormir. Trois ou quatre fois, nous avons parlé à Willie, et une fois Willie a voulu me parler. Ça a assez bien marché. Entre-temps, je rossais Kennedy. C'était un rude boulot, mais je voulais qu'il ait très envie de voir ce papier arriver. Pendant qu'il essuyait le sang sur son visage avec une serviette, on entendait la T.S.F. qui, dans le jardin, faisait rire les clients qui s'amusaient.

Vers dix heures du matin, Cora est venue nous trouver.

— Ils sont là. Il y en a trois.

— Amène-les ici.

Elle a pris le revolver, l'a mis dans sa ceinture de façon que personne ne le voie, et elle est repartie une minute après. J'ai entendu le bruit d'une chute, c'était l'un des zèbres. Elle les faisait marcher devant elle, à reculons, les mains levées, et l'un d'eux était tombé quand son talon avait rencontré une marche. J'ai ouvert la porte.

— Par ici, messieurs.

Ils sont entrés, les mains en l'air, et elle les a suivis, puis elle m'a donné le revolver.

— Ils étaient tous armés, mais j'ai jeté les armes dans le restaurant.

— Va les chercher. Ils ont peut-être des amis.

Elle est revenue une minute après avec les armes. Elle les a déchargées et les a jetées sur le lit, à côté de moi. Puis, elle a fouillé leurs poches. Elle a vite trouvé le papier. Et le plus drôle, c'est qu'elle a trouvé aussi, dans une enveloppe, six clichés positifs et un négatif. Ils avaient décidé de nous faire chanter, et ils n'avaient pas pensé qu'il était imprudent d'emporter ces clichés sur eux !

J'ai tout pris, ainsi que l'original. J'en ai fait un tas dehors et j'y ai mis le feu. Quand tout a été brûlé, j'ai écrasé les cendres dans la poussière et je suis rentré.

— Voilà, mes amis. Je vais vous reconduire. Nous laisserons l'artillerie ici !

Je les ai accompagnés à leurs autos, et quand ils ont été partis, je suis rentré et n'ai plus trouvé Cora. Je suis monté au premier, elle était dans notre chambre.

— Eh bien ! on les a eus, pas vrai ? Et les clichés et tout ! J'avoue que j'ai eu peur

Elle n'a pas répondu, et ses yeux étaient drôles

— ·Qu'est-ce qu'il y a, Cora ?

— Tu crois que c'est fini ? Les clichés et tout. Mais ce n'est pas fini... avec moi toujours. J'en ai un million de clichés, moi, et aussi bons que les leurs.

J'en ai un million, tu entends ? Ah ! et je m'en mords les doigts.

Elle a éclaté de rire et s'est jetée en travers du lit.

— Ça va, si tu es assez bête pour mettre ton cou dans le nœud coulant, vas-y, utilise ton million, tu réussiras peut-être.

— Ah ! mais non, ce qu'il y a de plus beau dans l'histoire, c'est que mon cou ne risque rien. M. Katz te l'a dit ! Si on fait un procès pour homicide par imprudence, on ne peut plus rien ensuite ! C'est dans la Constitution ou dans autre chose. Non, non, monsieur Chambers, cela ne me coûtera pas un sou de vous faire valser un peu. Et c'est ce que je vais faire. Dansez, dansez, dansez !

— Qu'est-ce qui te prend ?

— Tu ne le sais pas ? Ton amie était ici la nuit dernière. Elle n'avait pas entendu parler de moi et elle a dormi ici.

— Quelle amie ?

— Celle que tu as emmenée au Mexique. Elle m'a tout raconté. Nous sommes de bonnes amies maintenant. Elle a trouvé qu'il valait mieux que nous soyons amies. Après ce que j'avais découvert, j'aurais pu la tuer, tu comprends ?

— Je ne suis pas allé au Mexique depuis un an !

— Oh ! mais si !

Elle est sortie, et je l'ai entendue qui allait dans ma chambre. Quand elle est revenue, elle avait un chaton dans les bras, un chaton plus gros qu'un chat. Il était gris avec des taches noires. Elle l'a mis sur la table, devant moi, et il a commencé à miauler.

— Le puma a fait des petits en ton absence, elle t'en apporte un pour que tu te souviennes d'elle.

Elle s'est de nouveau appuyée contre le mur et elle s'est mise à rire encore, d'un rire fou, sauvage.

— Le chat était revenu ! Il avait marché sur la boîte qui contenait les plombs et il était mort ! Mais le voilà de retour ! ah, ah, ah, ah, ah, ah !... Ce que c'est drôle !... Ils te fichent la poisse, les chats, à toi !

XV

Elle a éclaté en sanglots, elle a crié, puis, quand elle s'est calmée, elle est descendue au rez-de-chaussée. Je me suis précipité derrière elle. Elle arrachait tout le dessus d'un grand carton.

— Je vais faire un nid à ta petite bête chérie.

— Tu es fort aimable.

— Qu'est-ce que tu croyais que je faisais ?

— J'en sais rien.

— Ne t'en fais pas. Quand il sera temps d'appeler Sackett, je te le ferai savoir. Sois tranquille, ça viendra et tu auras besoin de toutes tes forces !

Elle a ensuite capitonné le fond du carton avec du papier de soie, elle a mis dessus des chiffons de laine. Puis, elle l'a monté au premier et y a installé le puma. La bête a miaulé un moment, puis elle s'est endormie. Je suis redescendu pour boire un coup. J'avais à peine commencé que Cora était debout, devant la porte.

— Je prends un verre pour me donner des forces, chérie !

— Tu as raison.

— Qu'est-ce que tu croyais que je faisais ?

— Je n'en sais rien.

— Ne t'en fais pas. Quand je serai prêt à filer, tu le sauras. Sois tranquille, ça viendra et tu auras besoin de toutes tes forces !

Elle m'a regardé avec un drôle d'air et elle est remontée. Et ça a duré comme ça toute la journée, je la suivais partout, de peur qu'elle ne téléphone à Sackett, elle me surveillait pour que je ne me sauve pas. Nous n'avons pas ouvert la maison, bien entendu. Et dans les intervalles où nous ne nous poursuivions pas l'un l'autre sur la pointe des pieds, nous sommes restés assis dans notre chambre. Nous ne nous regardions pas. Nous observions le puma, il a miaulé, et Cora est descendue lui chercher du lait. Je l'ai suivie. Quand la bête a eu lappé le lait, elle s'est endormie. Elle était trop jeune pour jouer beaucoup. Elle ne faisait guère que miauler ou dormir.

Cette nuit-là, nous sommes restés allongés l'un à côté de l'autre sans dire un mot. J'ai dû dormir quand même car j'ai fait des rêves. Je me suis réveillé en sursaut et avant d'être complètement réveillé, j'ai dégringolé les escaliers. C'était le déclic du téléphone qui m'avait tiré du sommeil. Cora était dans le restaurant, tout habillée, coiffée, un carton à chapeau rempli à terre près d'elle. Je lui ai arraché l'appareil et je l'ai raccroché. Je l'ai prise par les épaules, je l'ai jetée à travers la porte de communication, et je l'ai poussée dans l'escalier.

— Monte !... Veux-tu monter ou je te...

— Ou tu... quoi ?

Le téléphone a sonné de nouveau, j'ai répondu.

— Oui, c'est ici. Qu'est-ce que c'est ?

— La station des taxis.

— C'est bien, je vous ai appelé, mais j'ai changé d'idée. Merci, je n'ai plus besoin de vous.

— O.K.

Quand je suis arrivé dans la chambre, Cora se déshabillait. Nous nous sommes remis au lit et nous sommes restés un long moment silencieux, puis elle a commencé.

— Ou tu... quoi ?

— Est-ce que je sais ? Je t'aurais cassé la gueule, peut-être ! Ou je ne sais quoi !

— Tu ne sais quoi ?

— Où veux-tu en venir, maintenant ?

— Frank, écoute, je sais ce que tu as fait pendant que tu étais étendu près de moi. Tu n'as pensé qu'au moyen de me tuer.

— J'ai dormi.

— Ne mens pas, Frank, parce que moi je ne vais pas mentir et j'ai quelque chose à te dire.

J'ai réfléchi un long moment, car, au fond, c'est ce que j'avais fait. Couché auprès d'elle, je m'étais demandé comment je pourrais me débarrasser d'elle.

— Eh bien, j'avoue. C'est vrai.

— Je le savais !

— Et toi, qu'est-ce que tu faisais ? Tu voulais me donner à Sackett. N'est-ce pas la même chose ?

— C'est vrai.

— Alors, nous sommes quittes. Quittes une fois de plus ! Nous sommes revenus à notre point de départ.

— Pas tout à fait !

— Mais si, voyons !

Je me suis abandonné un peu et j'ai mis ma tête sur son épaule.

— Voilà où nous en sommes. Nous pouvons nous

asticoter tant que nous voulons, nous pouvons nous moquer de l'argent, ou crier le plaisir qu'on a à coucher ensemble, mais nous serons toujours quittes. Je voulais partir avec cette femme, Cora. Je devais aller avec elle au Nicaragua pour capturer ses chats. Pourquoi ne suis-je pas parti ? J'ai compris que je devais revenir ici. Nous sommes enchaînés l'un à l'autre, Cora. Tu croyais que nous étions au sommet d'une montagne. Je crois, moi, que la montagne est sur nous, et qu'elle y est bien.

— C'est la seule raison qui t'a fait revenir ?

— Non. C'est à cause de toi et de moi. Pour rien d'autre. Je t'aime, Cora. Mais l'amour, quand il est mélangé à la peur, c'est presque de la haine.

— Tu me hais ?

— Je n'en sais rien. Pour te dire vrai, une fois dans notre vie, je dois te haïr un peu. Il faut que tu le saches. Et si j'ai pensé à ce que tu dis, couché près de toi, c'est à cause de cela. Maintenant, tu sais tout.

— J'ai, moi aussi, quelque chose à te dire, Frank.

— Vraiment ?

— Je vais avoir un enfant.

— Quoi ?

— Je m'en doutais avant de partir, mais depuis que maman est morte, j'en suis sûre.

— Et tu ne me le disais pas ! Tu ne le disais pas. Viens ici ! Embrasse-moi.

— Non. Ecoute, il faut que je te parle.

— Tu n'as pas tout dit ?

— Non. Ecoute-moi bien, Frank. Pendant toute mon absence, pendant les funérailles de ma mère, j'ai beaucoup réfléchi à ce que cela représente pour nous. Nous avons volé une vie, n'est-ce pas, et maintenant, nous allons en créer une.

— C'est vrai.

— Tout ça, c'était bien compliqué. Mais, maintenant, après ce qui est arrivé avec cette femme, c'est bien plus simple. Je ne pouvais pas appeler Sackett, Frank, je ne pouvais pas, parce que je ne pouvais pas avoir, ensuite, un enfant, à qui je devrais dire que son père avait été pendu pour meurtre.

— Tu allais voir Sackett, pourtant ?

— Non. Je m'en allais !

— C'est la seule raison qui t'empêchait d'aller voir Sackett ?

Elle a pris un bon moment avant de me répondre.

— Non, Frank. Je t'aime, comprends-tu. Tu dois le savoir. Sans l'enfant, je serais peut-être allée voir Sackett, justement aussi parce que je t'aime.

— Cette femme ne compte pas pour moi, Cora. Je t'ai dit pourquoi j'ai fait cela. Je voulais m'en aller.

— Je le sais. Je le savais depuis longtemps. Je savais pourquoi tu voulais que nous partions, et quand je disais que tu n'étais qu'un vagabond, je n'en croyais pas un mot. Je le croyais peut-être, mais ce n'est pas pour cela que tu voulais partir. Tu es un vagabond et je t'aime à cause de cela. Je la haïssais, elle, pour la façon dont elle t'a cafardé, parce que tu ne lui avais pas dit quelque chose qui ne la regardait pas. Et malgré ça, j'aurais voulu te démolir.

— Alors ?

— J'essaye de t'expliquer, Frank. C'est ce que je voudrais te dire. Je voulais te démolir, et cependant je ne voulais pas voir Sackett. Ce n'est pas parce que tu me surveillais. J'aurais pu me sauver et le joindre, c'est parce que... enfin, je te l'ai dit. Je crois que je suis débarrassé du diable, Frank. Je sais que jamais je n'irai trouver Sackett ; j'en ai eu la possibilité, j'ai réfléchi, et je ne l'ai pas fait. C'est que je ne le ferai jamais plus. Mais toi ?

— Si le diable t'a lâchée, pourquoi aurais-je affaire à lui ?

— En es-tu sûr ? Comment peux-tu savoir ? Tu n'en as jamais eu la possibilité, toi ! Tandis que moi !

— Je te dis que c'est fini !

— Pendant que tu pensais à me tuer, Frank, j'y pensais aussi. Comment me tuerais-tu ? Tu peux le faire dans la mer. Nous pouvons sortir d'ici, comme nous avons fait l'autre fois, et si tu ne veux pas que je revienne, tu peux faire que je ne revienne pas. Personne n'en saura rien. Ce sera une banale histoire de plage. Demain matin, nous partirons.

— Demain, nous irons nous marier.

— Si tu veux, mais auparavant, nous irons à la plage.

— Tu m'embêtes avec ta sacrée plage ! Embrasse-moi.

— Demain soir, si je reviens, oh ! alors il y en aura des baisers, des bons baisers, Frank. Pas des baisers d'ivrognes, des baisers pleins de rêves. Des vrais baisers de vie, pas des baisers de mort.

— C'est un rendez-vous.

Nous nous sommes mariés au City Hall, et nous sommes allés à la plage. Elle était si jolie que je voulais seulement jouer sur le sable avec elle, mais elle avait toujours un petit sourire aux lèvres, et c'est elle qui a donné le signal, et s'est approchée de l'eau.

— J'y vais !

Elle est passée devant, j'ai nagé derrière elle. Elle a continué à avancer, beaucoup plus que d'habitude.

Puis, elle s'est arrêtée et je l'ai rattrapée. Elle a nagé auprès de moi, m'a pris la main et nous nous sommes regardés. Elle a compris alors que le démon ne m'habitait plus, que je l'aimais.

— Tu sais pourquoi j'aime les vagues sur mes pieds ?

— Non.

— Il me semble qu'elles vont les emporter !

Une grosse vague nous a soulevés et Cora a mis sa main sur ses seins, pour me faire voir comment l'eau les relevait.

— J'aime ça, Frank. Sont-ils gros ?

— Je te le dirai ce soir.

— Ils me semblent plus forts. Tu ne sais pas ce que c'est, toi. Ce n'est pas seulement parce qu'on commence une vie nouvelle. C'est une chose qu'on sent. Mes seins gonflent, et j'ai envie que tu les baises. Bientôt, mon ventre grossira et j'aimerai ça, et je voudrais que tout le monde le voie. C'est la vie. Je la sens en moi, tu sais, ce sera une nouvelle existence pour nous deux, Frank.

Nous sommes revenus vers la plage et j'ai plongé. J'ai plongé à neuf pieds, j'en suis sûr à cause de la pression. Presque tous ces trous d'eau ont neuf pieds, et j'étais sûrement à cette profondeur. J'ai frappé l'eau avec mes pieds réunis, et suis allé plus profond. L'eau est entrée si fort dans mes oreilles que j'ai pensé qu'elle allait les crever. Mais je n'ai pas eu à remonter. La pression sur les poumons met de l'oxygène dans le sang, si bien que, pendant quelques secondes, on ne pense pas à respirer. J'ai regardé l'eau verte, et avec mes oreilles qui tintaient, ce poids du liquide sur les reins et sur la poitrine, j'ai pensé que toute la diablerie, toute la bassesse, l'incapacité, l'inutilité de ma vie avaient été chassées au-dehors, rejetées loin de moi, et que je remontais vers Cora, transformé, et, comme elle disait, prêt pour une nouvelle vie.

Quand je suis revenu à la surface, Cora toussait. C'était juste un de ces étourdissements comme on en a parfois.

— Te sens-tu bien ?

— Je crois. Ça vous passe dessus et ça s'en va.

— As-tu avalé de l'eau ?

— Non.

Nous avons avancé encore un peu et elle s'est arrêtée.

— Frank, je me sens toute drôle.

— Accroche-toi à moi.

— Oh ! Frank, je me suis peut-être fatiguée plus qu'il ne fallait. J'ai voulu que ma tête reste hors de l'eau pour ne pas avaler d'eau salée.

— Va doucement.

— Ce serait terrible. J'ai entendu dire qu'il y a des femmes qui ne portent pas jusqu'au bout parce qu'elles se fatiguent trop.

— Va doucement. Etends-toi sur l'eau. Ne nage pas, je vais te ramener.

— Il faudrait peut-être appeler le surveillant.

— Non. L'animal voudrait te remuer bras et jambes. Reste étendue. Je vais aller aussi vite que je pourrai.

Elle s'est étendue, et je l'ai remorquée en la tenant par l'épaulette de son costume. J'ai commencé à être fatigué. Je l'avais remorquée pendant un mille à peu près, mais je ne cessais pas de penser qu'il fallait que je la mène à l'hôpital et j'ai voulu me hâter. Quand on se dépêche dans l'eau, on est perdu. J'ai enfin touché le fond, je l'ai prise dans mes bras et j'ai couru jusqu'au sable sec.

— Ne bouge pas, laisse-moi faire.

— Vas-y.

Je l'ai amenée là où étaient nos chandails et je l'ai installée. J'ai sorti la clef de la voiture de ma poche, puis je l'ai enveloppée avec les deux tricots et je l'ai portée jusqu'à l'auto. La voiture était au bord de la route, et j'ai dû grimper, pour y arriver, un haut talus qui séparait la route de la plage. Mes jambes étaient si fatiguées que je pouvais à peine les mettre l'une devant l'autre, mais je n'ai pas lâché Cora. Je l'ai mise dans la voiture, j'ai sauté à côté d'elle et j'ai commencé à brûler la route.

Pour nager, nous étions remontés à deux milles au-dessus de Santa Monica où je savais qu'il y avait un hôpital. J'ai rattrapé un gros camion. Il avait une pancarte à l'arrière : « Klaxonnez, la route est à vous. » J'ai écrasé le klaxon, et le camion est resté au milieu de la route. Je ne pouvais passer à gauche, car il y avait une ligne ininterrompue d'autos qui venaient vers moi. J'ai lancé la voiture à droite, et j'ai roulé sur le bord. Cora a crié. Je n'ai pas vu un énorme tuyau d'écoulement des eaux. Il y a eu un craquement et je n'ai plus rien vu.

Quand je suis revenu à moi, j'étais coincé sous le volant, le dos tourné à l'avant de la voiture. J'ai commencé à gémir devant l'horreur de ce que j'entendais. On aurait dit une petite pluie sur un toit de zinc, mais ce n'était pas cela. C'était le sang de Cora qui coulait sur le capot où, projetée à travers le pare-brise, elle était restée, penchée. Des klaxons hurlaient, des gens sautaient hors de leurs voitures et couraient vers elle. Je l'ai redressée et j'ai essayé d'arrêter le sang et je lui ai parlé, et je l'ai embrassée, et je pleurais. Mais ces baisers ne l'ont pas touchée. Elle était morte.

XVI

Ils m'ont bouclé pour ça. Katz a tout pris cette fois, les dix mille dollars qu'il avait sauvés pour nous, l'argent que nous avions gagné et une hypothèque sur la propriété. Il a fait de son mieux, mais j'étais perdu d'avance. Sackett a dit que j'étais un individu dangereux et que si l'on m'avait retiré la vie plus tôt, cela n'aurait été que mieux. Il a tout raconté à son idée. Nous avions tué le Grec pour avoir l'argent, puis j'avais épousé Cora, je l'avais tuée afin d'avoir toute la galette pour moi. Que Cora avait appris mon escapade au Mexique, ce qui n'avait fait que hâter un peu les choses, c'était tout. Il a lu le rapport de l'autopsie qui a démontré qu'elle attendait un enfant, et il a trouvé que cela faisait partie de l'histoire. Il a fait venir Madge comme témoin et elle a raconté toute notre expédition. Elle ne le voulait pas, mais elle y a été obligée. Il a même amené le puma au tribunal. La bête avait grandi, mais n'avait pas été bien soignée : elle était galeuse et avait l'air malade. Elle a hurlé et a essayé de le mordre. C'était une horrible chose à voir et cela ne fit rien en ma faveur, croyez-moi. Mais ce qui m'a complètement perdu, c'est un mot que Cora avait écrit avant de téléphoner à la station de taxis. Elle l'avait mis dans le registre de caisse de façon que je le trouve le matin, puis elle l'avait oublié. Je ne l'avais jamais vu puisque nous n'avions pas ouvert la maison avant d'aller à la plage, et je n'avais pas eu l'idée de regarder dans ce registre. C'était un mot épatant, mais elle y écrivait nettement que nous avions tué le Grec et cela régla l'affaire. Pendant trois jours, ils ont discuté pour savoir si on devait tenir compte de ce mot ou non. Katz, pour me défendre, leur a lancé à la tête tous les livres de lois du comté de Los Angeles, mais le juge n'a rien voulu savoir, et il a été parfaitement évident pour tous que nous avions commis cet assassinat. Sackett a dit que ce mot était un motif suffisant pour m'accuser : ce mot et le simple fait d'être un individu dangereux. Katz ne m'a même pas laissé aller à la barre. Qu'est-ce que j'aurais dit ? Que je n'avais pas tué Cora ; qu'au contraire, nous venions de régler cette question-là, ainsi que celle du remords que nous avions d'avoir tué le Grec ? Cela aurait été chic pourtant. Le jury est sorti cinq minutes. Le juge a dit qu'il aurait pour moi la même considération que pour tout autre sale individu de mon espèce.

....

Et maintenant, je suis dans la maison des condamnés. J'écris la fin de cette histoire pour que le Père O'Connell y jette un coup d'œil et me montre les endroits qu'il faut un peu corriger pour la ponctuation et tout le reste. Si j'obtiens un délai, il le gardera en attendant les événements. Si l'on commute ma peine, il le brûlera pour qu'ils ne sachent jamais s'il y a eu vraiment meurtre ou non dans tout ce que je leur ai dit. Mais s'ils me liquident, il le prendra et tâchera de trouver quelqu'un pour l'imprimer. Il n'y aura pas de grâce, ni de commutation, je le sais. Je ne me suis jamais bourré le crâne moi-même. Mais, dans cette maison, on espère contre toute espérance, car on ne peut pas s'en empêcher. Je n'ai jamais rien avoué, c'est vrai. On m'a dit qu'on ne pend jamais un type qui n'a pas fait d'aveux. Je ne sais pas. A moins que le Père O'Connell ne me vende, ils ne sauront jamais rien de moi. J'obtiendrai peut-être ma grâce.

Je n'en peux plus et je pense beaucoup à Cora. Croyez-vous qu'elle ait su que je n'avais rien fait ? Après ce que nous avions dit dans l'eau, pensez-vous qu'elle ait compris ? C'est ce qu'il y a de terrible, nous avions tant joué avec le feu. Peut-être, lorsque l'auto s'est cognée, l'idée lui est-elle venue que je l'avais fait exprès. Pourvu que j'aie encore une vie après celle-ci. Le Père O'Connell affirme que j'en aurai une, je voudrais tant voir Cora. Je voudrais qu'elle sache que, cette fois, je n'y étais pour rien, et que ce que je lui avais dit était très vrai. Comment a-t-elle fait pour tant m'attacher à elle ? Je n'en sais rien. Elle voulait quelque chose et essayait de l'obtenir. Elle a pris tous les mauvais moyens, mais elle a essayé. Je ne comprends pas pourquoi elle tenait tant à moi, car elle me connaissait. Elle m'a assez souvent dit que je ne valais rien. Je n'ai jamais rien désiré d'autre qu'elle. Et ça représente quelque chose tout de même ça. Je crois bien que peu de femmes peuvent se vanter d'avoir obtenu ça d'un homme.

Il y a un type au numéro 7 qui a tué son frère et qui dit qu'il ne l'a pas réellement fait, que c'est son subconscient qui a agi. Je lui ai demandé ce que ça voulait dire, et il m'a dit que chaque personne est faite de deux personnes, une que l'on connaît, l'autre qu'on ne connaît pas, qui est le subconscient. Cela m'a bouleversé ! Est-ce que je l'ai fait ou est-ce que je ne l'ai pas fait ? Bon Dieu ! Je ne peux pas croire cela ! Je l'aimais tant, je vous le dis, j'aurais voulu mourir pour elle. Au diable le subconscient ! Je n'y crois pas. Ce n'est qu'un tas de blagues que ce type a inventées pour fourrer son juge dedans. On sait ce qu'on fait, et on le fait. Je ne l'ai pas fait, je le sais. C'est ce que je lui dirai si jamais je la revois.

Je n'en peux vraiment plus. Je suis à bout. Je crois qu'ils mettent de la drogue dans la boustifaille pour qu'on n'y pense pas ! J'essaye de ne pas penser. Quand j'y arrive, je me vois avec Cora, le ciel est au-dessus de nous, l'eau nous entoure et nous parlons du bonheur que nous allons goûter ensemble et qui durera toujours. Il me semble que je monte au ciel quand je suis ainsi avec elle. C'est ça qui est le paradis pour moi, et pas ce que me raconte le Père O'Connell. Mais quand j'essaye de raisonner, tout s'envole en fumée.

Pas de grâce.

Les voilà. Le Père O'Connell dit ses prières pour m'aider. Si vous êtes parvenu jusque-là, priez pour moi et pour Cora et faites que nous soyons ensemble où que ce soit.

DU MÊME AUTEUR

Dans la collection Folio Policier

ASSURANCE SUR LA MORT, nº 290.

LE FACTEUR SONNE TOUJOURS DEUX FOIS, nº 122.

Dans la collection Folio

LE BLUFFEUR, nº 2874.

DETTE DE CŒUR, nº 1763.

SÉRÉNADE, nº 1475.

Dans la collection Folio 2

FAUX EN ÉCRITURES, nº 3787, nouvelle extraite du recueil *Assurance sur la mort.*

Dans la collection Série Noire

BUTTERFLY (DANS LA PEAU), nº 11.

Dans la collection L'Imaginaire

MILDRED PIERCE, nº 552.

Impression CPI Bussière
à Saint-Amand (Cher),
le 17 septembre 2009.
Dépôt légal : septembre 2009.
1er dépôt légal dans la collection : mai 2000.
Numéro d'imprimeur : 092165/1.

ISBN 978-2-07-039991-8./Imprimé en France.

169329